JN305134

高瀬伝・土の城

―― 戦国の世を終わらせた男 ――

東栄 義彦

郁朋社

高瀬伝・土の城　―戦国の世を終わらせた男―／目次

序章　土牢の皇子　戦国哀話　9
一章　佐野合戦録　20
二章　主なき城　39
三章　北条傘下の佐野　55
四章　小田原道中記　86
五章　小田原合戦・戦国の終焉　105
六章　高瀬紀伊守の決断　120
終章　後日談　145

装　丁／根本 比奈子

上野国
下野国
足利
佐野
小山
結城
高瀬村？
館林
古河
忍
下総国
河越
武蔵国
江戸
相模国
鎌倉
小田原

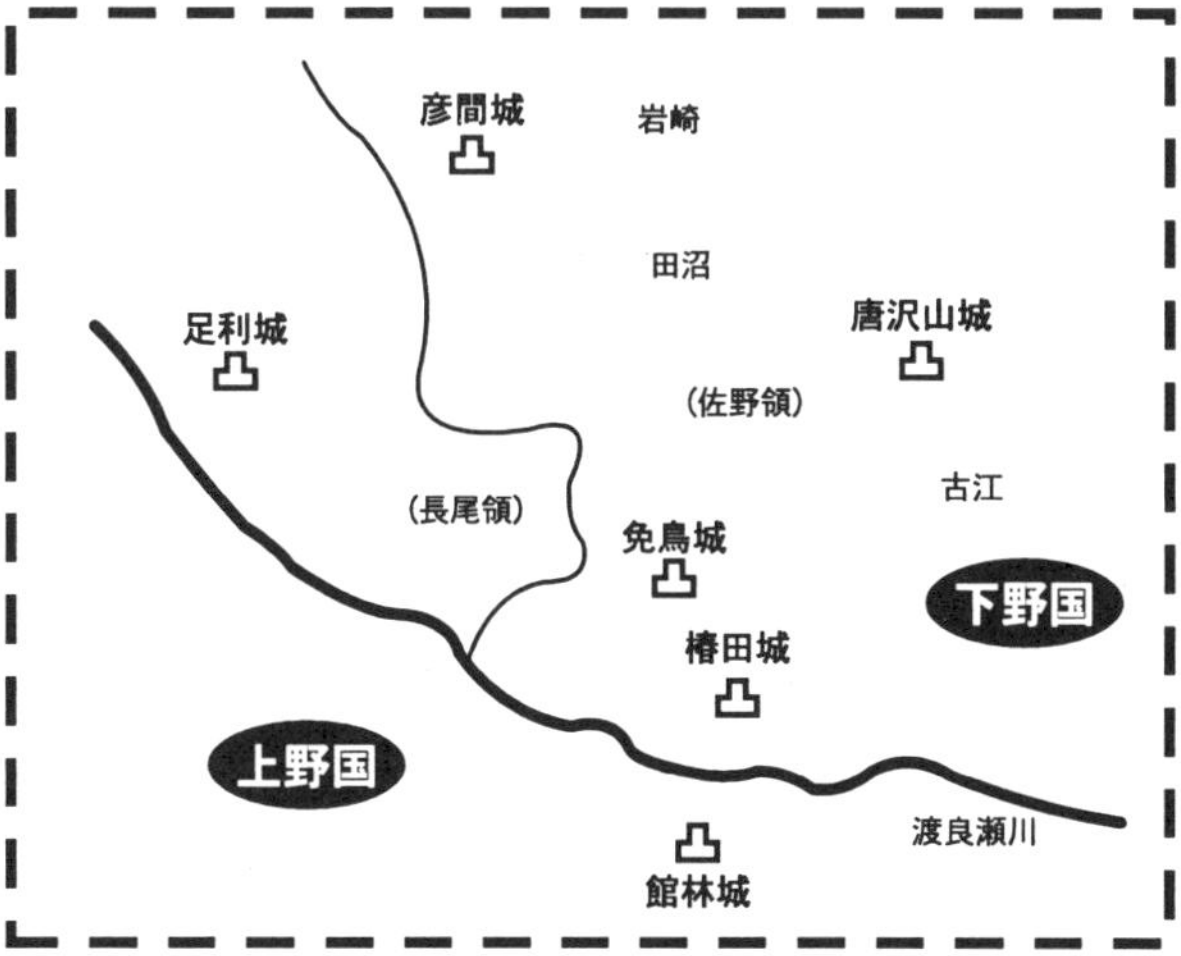
彦間城
岩崎
田沼
足利城
唐沢山城
（佐野領）
古江
（長尾領）
免鳥城
下野国
椿田城
上野国
渡良瀬川
館林城

資料（関連系譜）

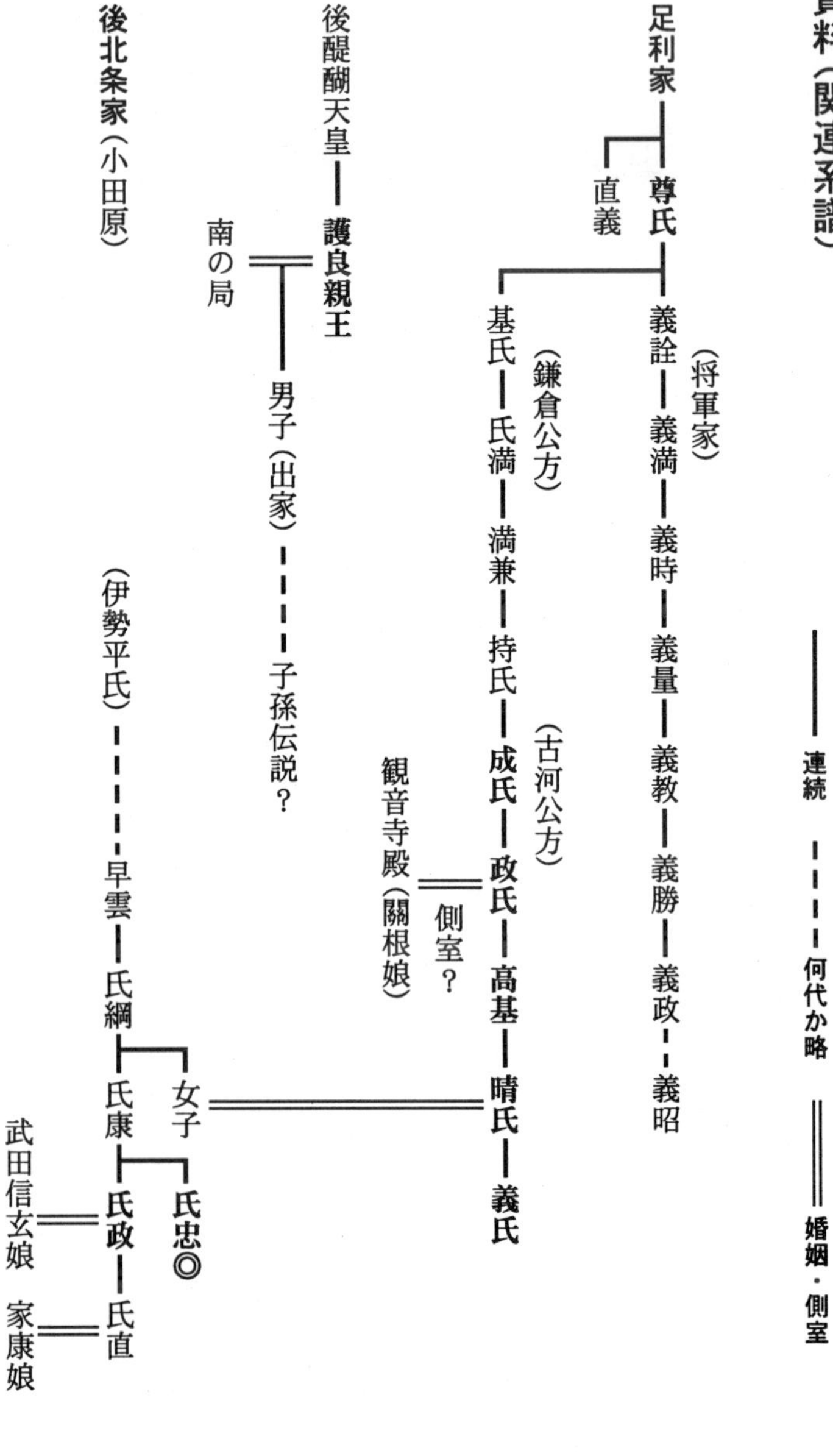
連続
何代か略
婚姻・側室
足利家
直義
尊氏
義詮
義満
義時
義量
義教
義勝
義政
義昭
（将軍家）
基氏
氏満
満兼
持氏
成氏
政氏
高基
晴氏
義氏
（鎌倉公方）
（古河公方）
側室？
観音寺殿（關根娘）
後醍醐天皇
護良親王
南の局
男子（出家）
子孫伝説？
後北条家（小田原）
（伊勢平氏）
早雲
氏綱
女子
氏康
氏政
氏忠◎
氏直
武田信玄娘
家康娘

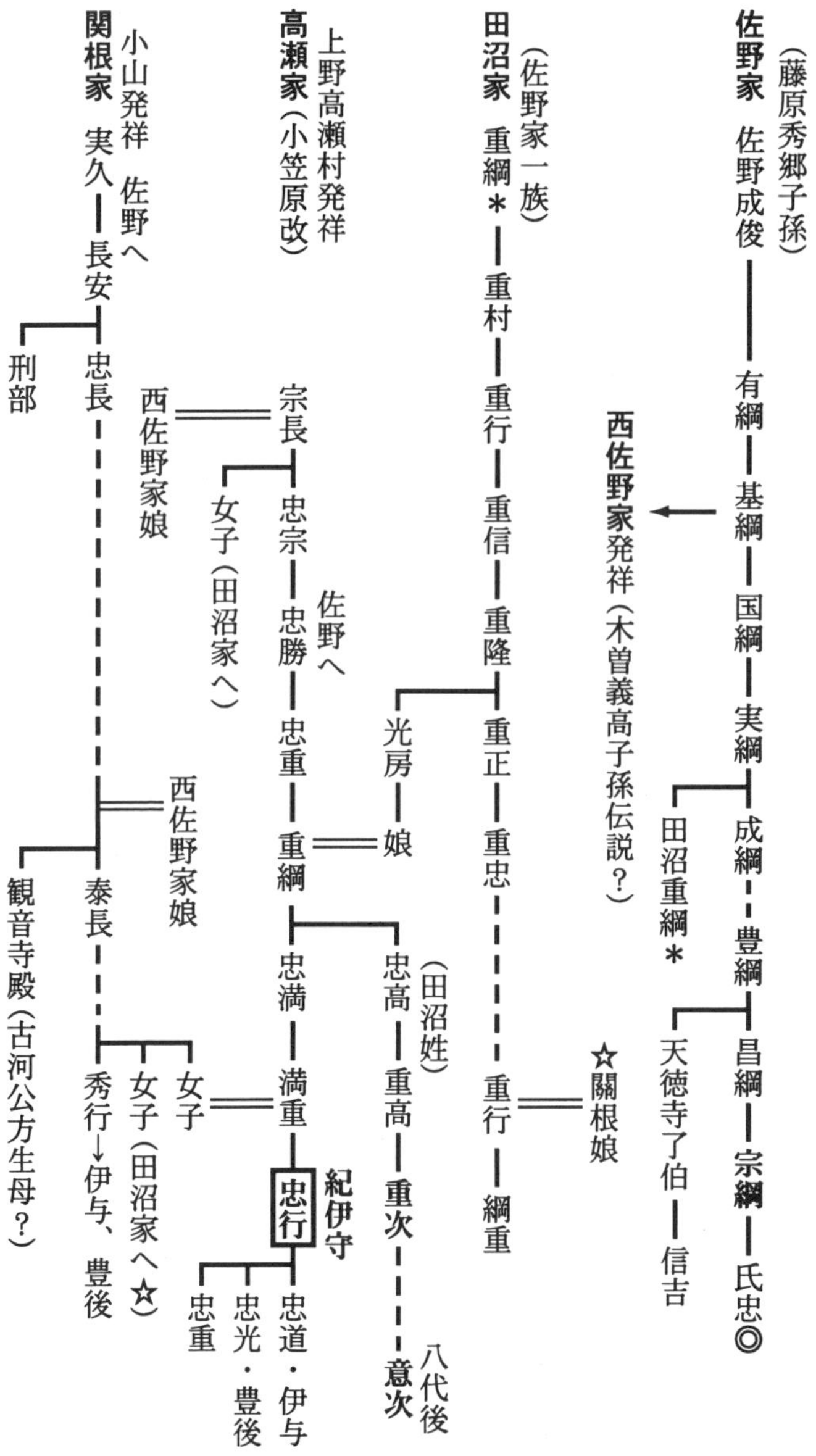

（藤原秀郷子孫）
佐野家 佐野成俊
有綱
基綱
国綱
実綱
成綱
豊綱
昌綱
宗綱
氏忠◎
田沼重綱＊
天徳寺了伯
信吉
西佐野家発祥（木曽義高子孫伝説？）
☆關根娘
（佐野家一族）
田沼家 重綱＊
重村
重行
重信
重隆
重正
重忠
重行
綱重
光房
娘
（田沼姓）
忠高
重高
重次
意次
八代後
上野高瀬村発祥
高瀬家（小笠原改）
宗長
忠宗
忠勝
佐野へ
忠重
重綱
忠満
満重
忠行
紀伊守
忠道・伊与
忠光・豊後
忠重
女子（田沼家へ）
西佐野家娘
小山発祥 佐野へ
関根家 実久
長安
忠長
刑部
西佐野家娘
泰長
観音寺殿（古河公方生母？）
女子
女子（田沼家へ☆）
秀行→伊与、豊後

我らが血脈の由来　ここに記《しる》す

序章　土牢の皇子　戦国哀話

○土牢《つちろう》の皇子

建武二年（一三三五）七月。相模《さがみ》国、鎌倉。

二階堂薬師谷《やつ》の東光寺の土牢に、護良《もりよし》親王は幽閉されていた。

護良親王は後醍醐《ごだいご》天皇の皇子。自ら甲冑をまとい、楠木正成らと共に鎌倉幕府軍との最前線で戦ってきた。

征夷大将軍となった親王は「宮将軍」と呼ばれ、新政権樹立の立役者と讃えられた。深紅の錦の鎧直垂《ひたたれ》を身にまとい、幾万もの軍勢を従えて京へ凱旋したときは、歓喜のあまり身震いがするほど得意の絶頂だった。

ところが、わずか一年でこのような境遇に陥ってしまった。

何故こうなってしまったのか。親王は繰り返し同じことを考えていた。

（裏切られたのだ。

まずは足利尊氏。幕府の有力御家人で、北条一門の姻戚であるにもかかわらず、鎌倉から京に入るなり、幕府を裏切り六波羅探題を攻め落とした。確かにこれによって幕府の崩壊が決定的になったが、最終段階でのことだ。

それまで倒幕の軍を率いてきたのは、この私だ。

天皇は、幕府を滅ぼした後、武士を遠ざけ、古《いにしえ》のような親政を行おうとした。しかし、武士は力を持ちすぎていた。武士を束ねた足利尊氏が、今度は自分で新しい幕府を開こうとの魂胆を持っていることは明白だ。また、尊氏は裏切る。

私は武力でもって武士を押さえようとしたが、失敗した。父、後醍醐天皇は私を足利尊氏に引き渡した。私は生け贄だったのか。父にも裏切られたのか。

そのようなことで、尊氏を懐柔できるはずがない。やがて奴は牙をむく。これからも世は鎮まることなく、争乱が続くだろう。

武と武が、力と力が争うことを止めさせるには、それらを超越する崇高な権威がなければならない。それができるのは、我らしかない。

この国の秩序を回復したい。そのためには時間《とき》が必要だ。しかし、私に残された時間はどれだけあるのか。それに、身の自由もない。

尊氏は私を京から離し、弟の足利直義《なおよし》が支配する鎌倉へ送った。一緒に来たのは、女官「南《みなみ》の局《つぼね》」一人だけだ。他には誰もいない。

幕府崩壊で焼け野原になった鎌倉で、土で固められた牢の中。だが、今は、ここが私の城だ。土の城に籠もり、わずかなりとも残っている可能性を信じ、毅然としていよう)

これが護良親王の闘いだった。

足利尊氏の弟・直義は、土牢にいる護良親王の様子をひそかに見にきた。

土牢といっても、地中に作られた牢に親王を入れるわけにはいかない。寺の一室の三面の壁を土で塗り固め、一面を鍵のかかる格子戸にした牢である。それでも、真夏の牢はむせ返り、御所で育った貴人がいられるような環境ではなかった。

親王は格子戸の方に向かって机を置き、わずかな灯りをたよりに書物を読んでいた。うす暗い牢の中に浮かびあがった姿を見て、足利直義は背筋が凍り付いた。

そこにいるのは、ただの囚人とは違っていた。囚人からは特有の卑屈さ、あるいは怨念の情がにじみ出てくるものだ。ところが、土牢に静かに座している御身からは、何とも言いようのない崇高な気が発せられていた。

親王が書物から目を離し顔を上げた。真っ白い蝋のような顔色が目に入った瞬間、直義は視線をそらした。もし、目が合ったなら、思わずその場にひれ伏してしまうだろう。そうしている自分の姿が頭をよぎった。

（とんでもないことをしてしまった）

直義は後悔した。

（万葉集でも「大君《おおきみ》は　神にしませば……」と詠まれているように、古代より天皇は神と崇《あが》め奉られてきた。天皇の血を受けた皇子達も同じであろう。まして、この護良親王は天皇にもなりうる人物だ。

しかし、もう遅い。親王を解き放てば、現世で恐ろしい敵となる。当面、その方がやっかいだ。足利家の大望を遂げるためには、自分はあえて罪人《つみびと》になる）

直義は決断した。

執権の北条氏が実質支配した鎌倉幕府は、北条高時《たかとき》の自害をもって崩壊した。しかし、北条の残党は各地で抵抗を繰り広げていた。特に、北条高時の遺児である時行《ときゆき》は、信濃で一大勢力となり、鎌倉をめざして進撃を開始した。その軍勢は五万。各地で朝廷側の軍を破り、一気に鎌倉に迫った。守る足利直義側は五千余り。

これを中先代《なかせんだい》の乱という。

直義はいったん鎌倉を放棄し、西に落ち延びて足利尊氏らの援軍と合流することにした。その場合、問題になるのが護良親王の扱いだった。せっかく世から隔離していたのに、連れていくわけにはいかない。混乱に乗じて逃げられることもある。

この乱が、足利直義にかねてより抱いていた企みの実行を決意させた。

直義は腹心の淵辺《ふちのべ》義博を呼び、耳打ちした。

幾多の激戦をくぐり抜け、血まみれの首を次々と挙げてきた勇猛の士の顔色が変わった。

七月二十三日。早朝より鎌倉には馬の蹄の音や人の声が響き渡り、騒然としていた。

やがて静寂が訪れた。

「南、南はおるか」

護良親王は大声で叫んだ。食事や身の回りの世話をする南の局は、土牢のある寺の一室にいた。南の局に用がある場合、牢番の兵を呼び、その旨を伝えることになっている。しかし、今は牢番の姿がないので、直接声をかけてみた。

一人の女人が駆けつけ、牢の前に正座した。武家の奉公人のような質素な身なりだが、顔つきには京の貴族の気品があった。南の局は中納言・藤原保藤の娘である。

「何事が起こったのか」

「北条が攻めてきたと、皆逃げ出しております。牢番達も見あたりませんでした」

「そうか、北条の残党か。さぞや私を恨んでおるだろうな。去るも敵、来るも敵か」

親王は自嘲気味に言った。

「私が宮様をお救い致します。鍵がどこぞにあるかもしれませぬ」

南の局が立ち上がった。

「待て。もう時がない。お前は今のうちに落ち延びよ。板東各地には藤原秀郷の流れをくむ武者が多数おる。きっと助けてくれる。お前は、私の夢を宿した大事な身だ。何としても生き延びてくれ。何としても」

親王は南の局の目を見つめ、懇願するように叫んだ。

その時、甲冑のすれ合う音が近づいてきた。

「急げ」

小声で親王が言った。南の局は覚悟を決め目礼をすると、足音と反対方向へと向かった。

南の局の姿が消えると同時に、大柄の武者が姿を現した。その者は鍵を開けると、一気に牢内に入ってきた。

「それがしは足利直義家来、淵辺義博と申します。主命により宮様の御身をお移しに参りました」

目は獣のように輝いていたが、声は震えている。

「偽りを申すな。その手にした太刀は何だ」

その声に対し、淵辺は恐怖心を振りほどくかのように無我夢中で親王に飛びかかった。親王は諦念の体でなされるがままに組み敷かれた。

親王の力が抜けていく。淵辺は脇差しの刃を首に当てた。

「我が魂、この地に留まり、悲願を果たさん」

毅然とした声で親王が言った。直後、首は切り落とされた。


淵辺義博は首を脇に抱え、放心状態で道を歩いていた。

みんな鎌倉から逃げだし、人はいないはずなのに、背後を付けられているような気配がする。振り返ると、廃屋の脇で女がじっとこちらを見ている。

(美しい女だ。何でこのような処にいる。この世の者か)

ただ、淵辺にはそれ以上考えることができなかった。頭の中は混乱していた。

(早く直義様に報告しなければ。この首をお見せすれば、喜んでくれるはずだ。そうすれば、わしの気持も晴れるに違いない)

気を取り直し、手柄となる親王の首を確認してみることにした。淵辺にとって、凄まじ形相をした血まみれの生首など見なれたものだった。

ところが護良親王は髪に乱れはなく、血も斬った首の部分にわずかに付いているくらいだった。その穏やかな表情は、殺されたことなど意に介していないように見えた。まるで生首が生きていて、今にも語りかけてくるようだ。

その恐ろしさに、淵辺は親王の首を傍の竹藪に投げ入れてしまった。

「何てことをしてしまったんだ。主命とはいえ、わしは天皇の御子《みこ》を殺した大悪党だ。お許しを。お許しを」

淵辺はひざまずき、両手を合わせて必死に拝んだ。

すると、首を投げ込んだあたりの藪が黄金色に輝いた。淡い一筋の光の帯が天に向かって伸びていき、そこから火の玉が次々と現れ、四方の空に飛び散っていく。

そう淵辺には見えた。

(これは現実《まこと》なのか、恐怖心からくる幻なのか)

淵辺はその場を逃げ出し、無我夢中で走った。

「我が魂、この地に留まり、悲願を果たさん」

頭の中で、護良親王の最期の言葉が響いていた。

(親王は滅んでいない。必ず甦ってくる。だから、毅然として死を受け入れたのだ)

淵辺には、そうとしか思えなかった。

その後の淵辺義博の消息は不明である。
足利直義は兄尊氏を補佐し幕府樹立に貢献するが、やがて対立し、鎌倉で毒殺された。

○戦国哀話

天正十八年（一五九〇）、春。相模《さがみ》国、小田原城。

北条早雲《そううん》から始まる「後北条家」は、代々改修を重ね当代随一の城塞を作り上げた。

あの上杉謙信も、武田信玄も、この城に攻め寄せたが落とすことができず、むなしく引き上げていった。難攻不落の城とはこの小田原城のことだと、現当主の北条氏直《うじなお》は自負していた。だから、秀吉の脅しにも屈しなかった。

現在、天下は豊臣秀吉が手中に収めつつあった。残っているのは、この小田原北条家だけだ。秀吉と戦って勝てないまでも、籠城していれば負けることもない。やがて、しびれを切らした秀吉と有利な条件で和睦すれば、新政権でも力を持つことができる。

これが、繰り返し行われてきた小田原城内での軍議の結論である。要するに籠城してさえいれば何とかなるという、極めて消極的な策だった。

しかし、秀吉軍の規模は想像を絶するものだった。小田原城の周囲一面は、秀吉の軍勢で埋め尽くされていた。

小田原城内には、五年の籠城に耐えられるだけの兵糧の備蓄がある。長駆遠征してくる秀吉軍は、やがて兵糧が尽きるだろうと小田原方は考えていたが、それが甘かったことがすぐに分かった。

城に面する海には、秀吉側の軍船だけでなく、兵糧や武器を満載した輸送船が沖合まで並び、次々と荷の陸揚げが行われていた。

さらに秀吉は、大阪から側室の淀君らを呼び寄せ、諸将にも領地から家族を呼ぶことを許可した。そして、茶会を催すなどして、持久戦を楽しむ風を見せた。

両軍からは、ときおり景気付けの関《とき》の声が上がったり、銃声が響くことはあったが、戦闘らしきものは全くなかった。

一方、小田原の背後に広がる関八州には、北条方の諸大名の城が無数にあり、壮烈な戦いが繰り広げられていた。それぞれの支城が頑強に抵抗すれば、秀吉軍はそちらに手勢を振り向けざるを得なくなる。敵の勢力を分散させる。このことが持久戦を有利に展開するための唯一の打開策だった。

ところが、短期間で落ちてしまう城が多かった。それだけでなく、その後は秀吉側となり、別の城の攻略に向かっていった。下野国佐野家の唐沢山城もその典型的な例だった。

城は高さ二百メートルを超す険しい唐沢山頂に築かれている。

かつては、越後の上杉謙信の十度の攻撃にも耐えた。小田原の北条家も幾度となく軍勢を送ったが、ついに落とすことはできなかった。それが、佐野家当主宗綱《むねつな》の突然の死によって、北条家の支配下になっていた。

今では最も頼りになる味方である。かつて、楠木正成が立て籠もった千早城のように、秀吉の大軍を翻弄し消耗させるであろう。

ところが、秀吉軍の支城攻撃が始まったばかりの四月二十八日、唐沢山城はたった一日で、あっさり落城した。そして、降伏した佐野勢は、城攻めを指揮した天徳寺了伯《てんとくじりょうはく》の軍に編入され、次の忍《おし》城攻撃に参加していた。

「おのれ、佐野の奴らめ。最初から裏切るつもりだったのか」

小田原城内に籠もる佐野家当主・佐野氏忠《うじただ》は激怒した。氏忠は北条一族であった。前小田原城主北条氏政の弟で、現城主氏直の叔父にあたる。前佐野家当主が若くして討死したため、幼い娘の名目上の婿となり、北条氏忠が佐野家当主となった。

一方、故佐野宗綱には出家した叔父がいた。天徳寺了伯である。しかも、今では秀吉に仕えていた。天徳寺が秀吉軍の将として関東に来ると、佐野家の家臣団は雪崩を打ったようにそちらに付いた。旧恩に従ったわけだが、佐野氏忠は大恥をかかされたことになる。

「佐野の人質どもは皆殺しにせよ」

氏忠は命じた。

北条家に味方した関東の諸大名は、軍勢の半分は城の守りに残し、半分は当主自ら率いて小田原城に入るという場合が多い。さらに、裏切りを防ぐために人質も出していた。

城内の大手口に磔《はりつけ》用の人柱が立てられた。

佐野家重臣、高瀬紀伊守忠行《きいのかみただゆき》（五十三歳）も人質の中にいた。本稿の主人公である。

小田原城内には当主の佐野氏忠がいるが、北条一族なので人質とは言えない。佐野の人質達が粛正を受ける場合、最高責任者は高瀬紀伊守となる。

佐野家の人質は二十八人とも三十四人とも言われ、全員が磔になったと『佐野宗綱記』にある。

また、『関八州古戦記』では、城主北条氏直が下知して、人質となっていた佐野宗綱の幼い弟・毘沙門丸を殺害したとある。

「まさに戦国哀話である」と、『田沼町史』にはこの二例が記されている。

一章　佐野合戦録

○唐沢山城

下野国南端にある佐野は、関東平野と足尾、日光連山のちょうど境目にある。

佐野平地の三方は山で囲まれている。山間の沢から流れてくる川によって肥沃な土が堆積して扇状地を形成し、狭いながらも農作物には恵まれていた。

唯一開かれた南部は、関東平野に続いている。平野に面した細長い山地の先端にあるのが唐沢山で、そこからは江戸に至るまで関東平野が一望できた。

山頂から平野とは反対側の扇状地を見ると、佐野領の全体が見渡せる。領内を一望できることも、統治する上で重要だ。さらに遠くには、日光や上野《こうずけ》の山々も見えた。

唐沢山で最も見晴らしが利くのが、天狗岩と呼ばれる小高い岩山である。そこに立ち一回りすれば、関東全体が一瞬のうちに目の中にとびこんでくる。

佐野は、まさに関東のど真ん中にあった。

山頂に佐野家の本拠となる唐沢山城がある。平安時代に藤原秀郷《ひでさと》が築城したとされるが、実質的には佐野家代々の当主が改築を繰り返し、強固な城にした。

山の木々の間に通路と堀をめぐらし、本丸、二の丸、三の丸、武者詰所などが配置されている。春には桜、初夏はツツジ、秋は紅葉、冬は雪と四季折々の景観が楽しめた。山頂からの眺望も含め、まことに美しい山城である。

ところが、いざ戦となると堅固な要塞と化した。戦国大名としてさほど大きくはない佐野家が、百年にわたる戦乱の世を生き抜いてこられたのは、この唐沢山城に依るところが大きい。

押し寄せる敵の軍勢の様子は、遠方にいるときから手に取るように見えるので、事前に対策を講じることができる。麓にたどり着いても、急峻で狭い山道を二百メートル以上登らなくてはならない。いかに大軍で来ようと、縦に細長く伸びた相手なら、攻撃に有利な上方で待ち受け各個撃破できた。

仮に山頂の城の入口まで来たとしても、両側が石垣になった鍵《かぎ》形の通路が配置されており、一気に攻め寄せられないようにしてある。それを各所に隠れた伏兵が攻撃する。また、「桜の馬場」などと呼ばれる広い通路もあり、突如、騎馬で迎撃することも可能になっていた。

さらに、唐沢山城の強みは「大炊井戸《おおいのいど》」という貯水池に近い巨大な井戸があり、水が枯れることがなかった。山城は籠城戦には強いが、水が枯渇しやすいという弱点がある。しかし、唐沢山城は「大炊井戸」のお陰で、水に困ることはなかった。井戸の中には鯉《こい》や鮒《ふな》が放たれており、いざというときには食料にもなった。

本丸のそばには「車井戸《くるまいど》」がある。こちらは空井戸だが、竜宮城に繋がっていると言われている。これは、藤原秀郷が大百足を退治した褒美に、乙姫様から竜宮に招待されたという伝説に基づくようだ。他に、やはり褒美としてもらったという、矢が避けて通るという「避来矢《ひらいし》の鎧《よろい》」が、本丸に保存されている。

「藤原秀郷の流れをくむ板東武者」

これが、佐野家の誇りであった。「車井戸」「避来矢の鎧」の伝説や、秀郷が築いた唐沢山城を継いだことをもって、その子孫であることを主張している。実力本位の戦国の世であっても、誉れある血筋は家臣を心服させる上で必要とされていた。

戦国の世の前半、佐野家をはじめとする板東武者の多くは古河公方《こがくぼう》に仕えた。この古河公方が誕生するに至った争乱が、東国での戦国の始まりといえる。

ここで、鎌倉公方から古河公方に至ったいきさつを説明しておく。

足利尊氏は二男義詮《よしあきら》を二代目将軍にするとともに、四男基氏《もとうじ》を鎌倉に派遣し関東を支配させた。この幕府の出先機関が鎌倉府で、基氏は鎌倉公方または関東公方と称した。鎌倉公方の補佐役が関東管領で、足利尊氏の母親の実家筋である上杉家が代々務めた。補佐役、家来というより、幕府から付けられたお目付役といった方がいいかもしれない。後に公方と上杉家とはしばしば対立する。

初代鎌倉公方は足利基氏《もとうじ》、二代目は氏満《うじみつ》、三代目は満兼《みねかつ》、四代目は持氏《もちうじ》となる。鎌倉公方も足利尊氏の血筋であることから、代を重ねるごとに京の将軍と対立するようになった。

四代目鎌倉公方足利持氏は、六代将軍足利義教と対立し、幕府側についた関東管領上杉憲実《のりざね》に攻められ長男義久と共に自害した。これで、鎌倉公方は一旦は断絶した。

しかし、幕府や上杉に不満を持つ関東の武士達は、持氏の遺児春王丸、安王丸を奉じて下総国結城《ゆうき》城に立て籠もり反抗したが、上杉に鎮圧され二人の遺児も殺された。これを結城合戦という。

持氏の三人の遺児は亡くなったが、四男永寿丸は乳母に連れられ信濃に逃れていた。幕府が八代将軍義政の代になると、鎌倉公方の復活を認め、永寿丸は成氏《しげうじ》と名を変え五代目鎌倉公方となった。しかし、成氏と上杉家との対立は続いた。幕府も鎌倉公方討伐軍を派遣し、鎌倉は焼野原となった。

成氏は下総国古河に退き、ここを新たな御所とし古河公方と称した。幕府は古河公方を認めなかったが、関東の豪族達が支持し、実質的には一大勢力となっていた。

四代目鎌倉公方持氏から初代古河公方の成氏に至る時期に、関東は乱世に突入し、戦が絶えなかった。京都で十年にわたる乱が起こり、全国に戦乱が拡大する三十年も前のことである。板東武者が戦慣れしていると言われるのは、このような背景がある。

古河公方はその後も二代目政氏《まさうじ》、三代目高基《たかもと》、四代目晴氏《はるうじ》、五代目義氏《よしうじ》と続いた。しかし、親子兄弟間の内部対立が続き、新興勢力の小田原北条家や、越後の上杉謙信などに押されて衰退していった。その後も古河公方の血筋は続いているが、関東を支配するというかつての権威は全くなくなっている。

古河公方の元を離れた各家は、それぞれ独立した戦国大名となって群雄割拠した。

佐野家の周囲は、下野だけでも長尾、皆川、小山、壬生などの諸家があり、絶えず領地をめぐって戦があった。他国では、上野国の館林や新田、さらに離れた武蔵国忍《おし》の成田家とも、長い間にわたり何度も交戦している。

戦国後期になると、越後の上杉謙信や小田原の北条氏政、氏直といった強力な大名とも戦った。

上杉や北条といった巨大な相手に対抗できたのは、一方と戦うときは他方と結び後詰めとして援軍を派遣してもらう方法をとったからである。

ただ、当面の戦いを終了するために和睦し、時には人質を出すことはあっても、落城したり支配下に入ることは皆無だった。したたかな駆け引きと、自分に有利な籠城戦に撤することで、佐野家は生き残ってきたといえる。

たとえば、上杉謙信だけでも、永禄四年（一五六一）から天正二年（一五七四）の十三年間に十回も来攻している。この間、合戦を終わらせるために何度か和睦し、味方になった。そうなると、今度は小田原北条家が攻めてくる。

『関八州古戦録』には「敵中横断の快挙」として、上杉謙信が北条方の包囲網を突破し佐野家を救った場面がある。北条氏政率いる二万余の軍勢が唐沢山城を包囲し、昼夜分かたずに責め立てた。謙信は八千余騎を率いて駆けつけたが、敵があまりにも多いのでしばらくは様子を見ていた。やがて、精鋭四十五騎のみを従えて自陣を出ると、敵陣の真ん中を脇目もふらず一文字に押し通った。北条勢は唖然として見つめるばかりだった。やがて城門前にたどり着くと、門が開き佐野昌綱が走り出て、謙信の馬の口にすがり感涙にむせびながら城内に迎え入れた。これに気をのまれた北条方は引き上げ始めたが、佐野勢と越後勢（上杉）が追撃に移り、千三百余の首を取ったという。

謙信を神格化するために、誇張された逸話であろうが、この頃の佐野家をめぐる戦の一例である。佐野の合戦録を記載するとしたら、膨大な量になる。しかも、「昨日の味方は、今日の敵。今日の敵は、明日の味方」といった複雑な関係になっているので、非常に分かりづらい。

ただ、本稿の主人公である高瀬紀伊守の生きた時期に、佐野家最後の戦いが行われている。そして、紀伊守が参加した最大の合戦が終わった時点で、日本の歴史区分でいう戦国時代が終わった。

下野の片田舎に生きた一人の武将を通して、時代の変遷を見ていきたい。

○紀伊守の道楽

高瀬紀伊守は一応重臣には列しているが、佐野家譜代の家柄ではない。武将として特別な武功もなく、まして時代を変えるような大物にはとても見えない。時代の変換期にたまたま遭遇しただけかもしれないが、何か不思議な運命を背負って生まれてきた人物のように思えてならない。

佐野領南東部の古江《ふるえ》村に高瀬家の屋敷がある。背後には古江山という小高い山があり、その先は唐沢山に続いている。一方、屋敷の前方の平地には田圃が広がっていた。佐野領の中で最も関東の平野に近い位置にある。

高瀬家は六代前に上野国から移り住んで以来、ずっとこの地に屋敷を構え、佐野家に仕えている。それでも平時には農業にも従事する半士半農の在地武士であった。西国では兵農分離が進みつつあったが、東国では鎌倉武士的な一所懸命の精神が残っていた。いざ合戦という時に、はせ参じるために平時は領地で力を蓄えておくのだ。

紀伊守の父・高瀬伊豆守満重《みつしげ》の代に、免鳥《めんどり》城主となった。佐野家には本城の唐沢山城以外に、二十を超える出城がある。伊豆守は屋敷を離れ免鳥城に移ったが、元服前の紀伊守は母と古江の屋敷に留まっていた。

紀伊守は小柄で、色白の端正な顔つきをしており、武将らしい猛々《たけだけ》しさはみられない。おっとりとして気品ある風貌は、貴族か僧侶を思わせた。

この紀伊守には道楽があった。古文書や系図を読んだり、古老から伝承を聞いたりして、地域の歴史を調べることだった。武士の素養の一部として、和歌や茶道などが尊重されてはいるが、歴史研究とは風変わりな道楽だ。いや、道楽を超越した天職なのかもしれない。

天が紀伊守に与えた才能は、抜群の記憶力だった。一度読んだ文書は、そのまま書き出すことができ、一度聞いた事柄は、そのまま話せた。さらに、原典を諳《そら》んずるだけでなく、自分なりに整理し、他の事例などを交えながら分かり易く解説した。寡黙な紀伊守であったが、ひとたび話し出すと淀みなく言葉が流れていく。その説明は実に面白く、説得性があると評判だった。

紀伊守は特に系図に興味をもっている。自家や親戚だけでなく、土地の旧家の系図なども頼み込んでは見せてもらっていた。

系図には家代々の人名や戒名だけでなく、主人名、合戦名、地名なども添え書きとして載っている。へたな古文書や由緒書きより、系図をたどっていく方が、その地方や諸家の歴史がよく分かるという。難解な系図でも、紀伊守にかかっては、面白い歴史物語と化した。

中には自分から系図を持ち込み、解説を依頼してくる者もいた。

「系図というものは、自家に都合の良いように誇張して書かれていることも多いので、その点は心得ておいて下さい」

そう断って、系図の内容を解説した。中にはあやしげな系図や記述もあったが、依頼主の自尊心を傷つけないように配慮しながらも、矛盾点をはっきりと指摘した。

信憑性の乏しい自家製の系図であっても、多数を照合し、比較検討していけば、やがて真実らしきものが見えてくると、紀伊守は思っていた。

このようにして、佐野や近隣地域の故事来歴が頭の中に蓄積されていった。先祖が他国からやってきた紀伊守にとって、それらを知るのは奉公する上で大切なことだと思っていた。


高瀬家は代々の武士ではあるが、紀伊守は武官というより文官に向いていた。主君直属の右筆《ゆうひつ》（書記官）か、いっそのこと学者か物語作家にでもなった方が、力量を存分に発揮できたに違いない。

しかし、この頃の関東は小さな大名が群雄割拠し、さらに周囲の北条や上杉といった強大な大名の圧迫を受け、戦が絶えない状態になっていた。

生まれたときから周りは戦場だった。だれもが自分の生きる意味など考える余裕はなく、ただ戦い続けた。

紀伊守も元服すると、父伊豆守満重とともに戦陣に身を置くようになった。それでも東国では、農繁期には戦は行わないという古来からの暗黙の了解が残っていた。その時が来ると、待ってましたとばかりに道楽にのめり込んだ。馬に乗って、佐野ばかりか他領にまで出かけ、寺や旧家などを回っては興味深い故事来歴などを集めていた。

「この非常時に、そこまでしてやる価値があるのですか。武家としての本分を見失ってはなりません」

しばしば母にたしなめられたが、どうしても道楽から抜け出すことができなかった。自分の意思とは別の「何か」が、紀伊守を突き動かしているようだった。

自分の生まれてきた意味、生きている意味は何かを知るためのような気がした。その答えは、歴史を調べ、先人の考えを知ることで得られると思った。人は常に死に直面していると、野獣になるか、反対に思想家になるものだ。ほとんどの者が野獣になったが、紀伊守は後者の道を求めた。

それでも、やや遅めの結婚をし子供が次々生まれると、次の家長としての自覚が強まり、武家の本分に撤するようになった。

紀伊守が文官的な能力を発揮できたのは、三人の子供達に話をするときであった。紀伊守は免鳥城に籠もったり、野戦の陣にいることが多かったが、古江村の屋敷に戻ってきたときには、「ご先祖様の話」を必ずした。

自家の系図を子供でも分かり易いように、断片的な物語にしたものだった。そこには、紀伊守が調べ、考えぬいた先祖の悲願がこめられていた。

忠道、忠光、忠重の男子三兄弟は、幼いときから寝る前に、母からはお伽噺、父からは「ご先祖様の話」を聞かされて育った。やがて成長するにしたがい、お伽噺はなくなり、「ご先祖様の話」も少なくなっていった。

ところで、紀伊守は幾多の戦に参加しながらも、かすり傷一つ負うことなく、「強運の男」として佐野家中では知られていた。

大した武功はなく、負け戦もたびたび経験したが、紀伊守自身だけでなく配下の多くも不思議と生き残るのである。

当初は「臆病者で逃げてばかりいるのだろう」との陰口もあったが、あまりにも幸運が続くので、一部の者からは特別な目で見られるようになっていた。

他国からやってきた外様の高瀬家は、合戦では最前線に回されることが多かった。紀伊守もその例にもれず、いつも激戦のまっただ中に身を置いていた。

自ら猛烈と攻め込むことはなかったが、馬にまたがり戦場を悠然と進む姿は美しかった。先祖伝来の小笠原流礼法に基づいているからだとのことだった。

「理に叶った無駄のない美しい動きには、弓矢や鉄砲の弾も畏敬の念を持って除けて通るものです」と、紀伊守が自慢していたと言う者がいる。

また、佐野家の家宝である藤原秀郷伝来の「避来矢《ひらいし》の鎧《よろい》」を密かに持ち出し、着ているのではないかと噂する者もいた。

古今東西、どの戦においても、理屈抜きに運の良い者がいることは確かだ。紀伊守はその典型だった。ただ、勝ち戦で特別の働きをするではなく、負け戦でも生き残るというだけでは、武人としての存在意義は希薄だった。

生まれる時代を間違えてきた人物だったのだろうか。

○免鳥《めんどり》城の攻防戦

佐野と足利の境となる旗《はた》川沿岸には村上、羽田、稲岡、西場、駒場、只木、寺岡という肥沃な土地があった。ここは境七郷とよばれ、足利の長尾顕長《あきなが》との領地争いが続いていた。

免鳥城は佐野領の南西部にある出城で、長年敵対している長尾家の足利城と館林城に対する最前線にあった。

高瀬伊豆守満重《みつしげ》が赤井山城守勝光に代わって免鳥城主になったのは、永禄二年（一五五九）のことである。十一年後、紀伊守は父を補佐するために、免鳥城に入った。三十三歳のときだ。幼子が三人いる家族は、最前線の免鳥では危険なので古江の屋敷においた。古江と免鳥は二里ほどの距離だった。

佐野には越後の上杉謙信が十度攻めてきた。主戦場は本城の唐沢山城だったため、出城の免鳥城は戦場の外だった。長尾との領地争いも、そのころは小競り合い程度だった。

だが、上杉謙信が没し北からの脅威がなくなると、佐野と長尾間の領地争いが激化した。免鳥城が合戦の中心地となり、何度か落城寸前までいったことがある。

城主の伊豆守満重は、過労と戦でうけた傷がもとで病気となり、療養のため妻の実家の關根《せきね》屋敷に移った。

關根は佐野家の家臣ではあるが、今は主家への奉公はほとんどなく、観音山の堂を護るのが主たる役割となっている。観音山には、佐野家も憚るほどの貴人が祀られているという。

そのためか、戦国の世においても、關根家は世間から隔絶された立場でいられた。そこなら、満重は十分に療養できると考えた。

紀伊守が免鳥城の城主となった。

天正九年（一五八一）四月。長尾顕長は支配下の足利城、館林城の兵と、同盟関係にある上野国の諸家の兵を加えた総勢二千余の大群で免鳥城に総攻撃をかけてきた。

館林に面する出城の椿田《つばきだ》城主福地《ふくち》出羽守の使いが、その報を伝えてきた時には、敵の大軍が目前に迫っていた。椿田城もすでに敵に囲まれており、加勢は無理だという。

免鳥城は平地にあるが、近くを流れる川の水を引き込んだ堀を幾重にもめぐらし、小城ながらも堅固な造りになっていた。しかし、城の守りは百人に満たない。佐野家の主力は遠く離れた唐沢山城にいる。今まで何度も落城寸前までなったことがあるが、何とか持ちこたえているうちに佐野宗綱の援軍が押し寄せ挽回してきた。出城の役割は本隊が来るまで落ちないことだ。玉と砕け散ってしまってはお役に立てない。紀伊守はそれをよく心得ていた。

「だが、今回は数が多すぎる」

物見櫓《やぐら》の上から、周囲を幾重にも取り囲む敵兵を見て、紀伊守は覚悟を決めた。

「決して自分から討って出てはならん。物陰に潜み、城内に入ってくる敵を鉄砲、弓で狙え。組討ちは最後の最後にせよ。死に急いではならぬ。一刻でも長く城を守り、援軍を待つのじゃ」

紀伊守は下知した。

今では鉄砲が主力になったため、物見櫓の上は最も危険な場所である。紀伊守はいつもそこに立ち続けたが、不思議と鉄砲の弾に当たることがなかった。

「我が城主には神の加護が付いているに違いない」

城兵達は櫓に立ち続ける紀伊守を見ると安心し奮戦した。

敵兵は次々と堀を渡り城内に侵入してきて、各所で組討ちが行われだしている。紀伊守は戦の全体を見渡し、人員の移動や注意を発した。

鉄砲の発射音が近づいてきた。しかも、いつもより数が多い。

一斉に音が響き、紀伊守は頭にもの凄い衝撃を感じた。

戦場の騒音が消え、紀伊守は静寂の世界を舞っているような気がした。何か偉大なる者の懐に抱かれているような暖かさを感じつつ、意識が薄れていった。


気が付くと、目の前に佐野宗綱《むねつな》の顔があった。

「紀伊は、やはり不死身じゃのう」

宗綱が嬉しそうに言った。十五歳で亡父の後を継いで以来、常に先頭に立って戦場を駆け回ってきた若き猛将は、温厚な紀伊守を父のように慕っていた。この時、宗綱は二十四歳。紀伊守は四十四歳で、宗綱の父・佐野昌綱が亡くなった歳とほぼ同じであった。

紀伊守は名主宅の座敷に寝かされていた。兜が傍に置かれていたが、その上部には、鉄砲の弾の痕跡が三つほどあった。あの衝撃は、同時に弾丸を兜にを受けたためと思われるが、その後のことは定かでなかった。

佐野宗綱が六十騎を率いて免鳥城に突入し、城を一時奪還したとき、物見櫓の下で意識不明状態で倒れている紀伊守を発見したという。

佐野の後続部隊が次々と城に駆けつけ、形勢が逆転しかけたとき、長尾方には武蔵国忍城の成田氏長らの新手が加勢してきた。長尾には上野国だけでなく、武蔵国からも多数の援軍が来ていることが分かった。

宗綱は城を放棄する決断をし、負傷者を連れて大急ぎで城を出た。戦続きで兵の消耗が激しいため、一兵たりとも無駄にはできなかった。

依然意識の戻らない紀伊守は戸板に乗せられ足軽達によって運ばれた。甲冑の損傷が激しく身動きもしてなかったので、その様子を見た誰もが、紀伊守は城を枕に討死したものと思った。

追っ手がないことを確認すると、佐野勢は領内の数件の農家を借りて、負傷者の手当を行った。佐野宗綱と側近は名主宅で休息した。重臣並の紀伊守も一緒に名主宅に運び込まれていたが、そこでようやく意識を回復したのだった。

兜を撃たれた衝撃でひどい頭痛がしているが、身体には傷一つなかった。それにしても、物見櫓から落ちたというのに、よく無事でいられたものだと、あらためて紀伊守は自分の強運に驚いた。

「殿、申し訳ございませんでした」

紀伊守は起きあがり、正座して宗綱に詫びた。

「二十倍以上もの敵の大軍に対し、よく持ちこたえた。失った兵が思ったほど多くなかったのは幸いだ。当面、敵の後詰めの多い免鳥城奪回はあきらめ、別の方策で長尾攻略を進めることにしよう」

若き猛将・宗綱は免鳥の敗戦にめげることなく、次の手段を考えているようだ。

ただ、いかに不利な状況であったとしても、免鳥城を失った責任は城主の紀伊守にある。不問にしたら、家中への示しがつかない。

そこで表向きは「紀伊守免鳥城で討死」とし、当分は古江の屋敷に籠もっていることになった。これは、最前線に居続けた紀伊守をしばらく休ませようとの宗綱の配慮と思える。そのことは、名主宅にいる二人と側近数名しか知らない。

「僭越ながら、この度の戦で感じたことを申し上げます。やはり鉄砲は恐ろしいものです。殿はいつも先頭を行かれますが、鉄砲の餌食になる危険があります。これからの戦、一軍の将たる者は、後方に身を置き、全体を見通して指揮すべきと考えます」

一息つくと、紀伊守は命を救ってもらった恩義を感じつつも、宗綱に抱いていた不安をあえて諫言した。上杉謙信や北条氏政と渡り合い、佐野家を守ってきた偉大なる父を意識し、無理をしがちな若き当主が心配でならなかった。

「ははは、心配するな。わしも紀伊と同様、不死身じゃ」

宗綱は快活に笑った。

○須《す》花《ば》坂《なざか》の戦い

佐野宗綱は長尾顕長を討つために色々な策を講じたが、重臣達の不和もあり軍議はまとまらず、何ら有効な手を打つことができなかった。

その間、逆に長尾方の策略で彦間《ひこま》城を奪われてしまった。彦間は免鳥城の北方の山間部にあり、山を越えた先が足利領の名草《なぐき》になっていた。

佐野と足利との往来は、境七郷のある南部平地の街道が使われた。その境界防備の要《かなめ》が免鳥城だった。北部は険しい山地になっていたが、須花の峠を通れば往来が可能だった。この地の守りの要となっていたのが彦間城である。

彦間城の城主は小野兵部だった。長尾側は小野兵部の家来の一人を長尾家の直臣にすると抱き込み、兵部とその弟を殺害させた。老母と妻は命からがら城を逃げ出し、唐沢城山城の宗綱に涙ながらに報告した。彦間城には長尾の重臣小曽根筑前が入った。

足利との境界にあった佐野側の二城が敵の手に落ち、佐野領の一部が浸食された。免鳥城の場合は正面切っての合戦だったが、彦間城は味方の裏切りによるものだ。これは宗綱にとって我慢できないことだった。家臣への不信感が一気に強まった。

（このような時、高瀬紀伊守が側にいてくれたら）

ふと宗綱は思った。だが、父昌綱が亡くなった時よりさらに高齢の紀伊守を、これ以上危険な場に出すわけにはいかない。父は戦の連続で身体も心も消耗し、まだ十五歳の宗綱を残して燃え尽きてしまった。さぞや無念だったであろう。何となく父親の面影と重なってしまう紀伊守を、そうさせてはならない。

宗綱は孤立を深め、一人で打開策を考えた。

天正十年（一五八二）の暮れ、宗綱は大貫越中守、富士源太、竹沢刑部、赤見伊賀守らの重臣達を招集した。

「一気に劣勢を挽回する秘策を実行する。敵が油断している元旦に、彦間を突き破り足利領内に奇襲攻撃をかける」

興奮気味に宗綱が告げた。

「お待ち下さい。古来より元旦の戦は忌み嫌われるものです。敵は油断しているかもしれませんが、味方の士気も上がりません」

大貫越中守が即座に反対した。

「殿のお気持は分かりますが、もうしばらく待つのが得策と思います」

他の重臣達も大貫に賛同した。

「もうよい。止めじゃ」

宗綱は断念したのか、それ以上何も語ろうとはしなかった。重臣達は顔を見合わせ、一礼をすると主の前から立ち去った。

ところが、元旦の早朝、佐野宗綱は突然出陣の触れを出した。

昨夜から雪が降っている。まさか、こんな時に戦が行われるとは誰も思わないだろう。たしかに、奇襲攻撃にはもってこいの状況だ。

だが、佐野家家臣団にとっても思ってもみなかった事態で、軍勢は中々集まってこない。業《ごう》をにやした宗綱は、わずかな近従をしたがえて唐沢山城を出発しようとした。驚いた重臣の何人かが次々と馬にとびつき止めたが、それを振り切って出ていった。

唐沢山麓の根古屋地区に西方の守りにあたる者達の屋敷がある。宗綱はそこを一気に走り抜けていった。城主出陣を知った侍屋敷の者達は、あわてて後を追った。

ここまでは、織田信長の桶狭間の戦と似ている。だが、信長は熱田神宮で三千の兵の集結を行い、神前に誓詞を奉じ、全軍に作戦を授けた。そして、各所に放った間者《かんじゃ》からの報告を受けながら、慎重に、かつ正確に今川義元のいる本陣を目指したからこそ、奇襲に成功した。

佐野宗綱もまずは途中の田沼村稲荷神社か、戸奈良村種徳院《しゅとく》あたりで兵の集結を待つべきだった。ところが、宗綱は彦間の須花坂まで一気に駆けた。宗綱の馬が速いため、同時に出た近従の馬でさえ追いつけなかった。槍持ちの足軽の中には、あまりに速駆けしたため、途中で血を吐いて倒れた者さえいたという。

一方、足利の長尾勢も、佐野側の異変に気付き、須花坂に出陣してきていた。そして、先頭を駆けてくる武者を見つけ鉄砲を放つと、顔面に命中し落馬するのが見えた。豊島七右衛門という者が近寄り、首を取った。豊島は首を高く掲げ、みんなに示した。

長尾勢に中に宗綱の顔を知る者がいた。その首が敵の大将佐野宗綱のものだと分かると、長尾勢から歓声が上がった。

後から駆けつけてくる佐野の武者達は次々と敵陣へ突入し、命を落としていった。その中には、宗綱の弟・西佐野家の岩崎重久や、田沼綱重などの一族もいた。

紀伊守の危惧していた事態になってしまった。元旦の雪の降る中、佐野宗綱は二十六年という短い生涯を閉じた。何故このような無謀な戦に臨んだのか、敵味方の誰もが不思議に思った。

劣勢に追い込まれ、将としての冷静さを失っていたのは確かであろう。

後日談であるが、唐沢山城を駆けだした宗綱の馬の前を、白い衣を着た若い女性《にょしょう》が横切り消えていったのを見たという者がいる。雪の舞う中、ちらりと見えた顔は、ぞくっとするくらいの美貌で、この世の者とは思えないほどだった。殿に魔性の者が取り憑いていたのではないかと、その者は語ったという。

佐野家に残された家族は老母、奥方および、五歳と三歳の幼い二人の女子だった。

二章　主なき城

○佐野家の混乱

須花坂での敗残兵達は、唐沢山城に引き返した。戦に間に合わなかった者達も、甲冑をまとい集結してきた。

本丸の大広間だけでは入りきれず、廊下や次の間にも人があふれている。室内には合戦から戻った者が発する血の臭いがこもっていた。それが皆の興奮を高めた。

上段では首のない宗綱の亡骸が、布団に横たわっていた。頭にあたる場所には、形式的に白い布がかかっている。首は持ち去られたが、胴体だけは必死になって奪い返してきたものだ。

「弔い合戦じゃ。直ちに足利に攻め込み、最後の一人が倒れるまで、敵を斬りまくれ」

「いや、敵は勢いに乗って攻勢をかけてくる。全員、唐沢山城に籠もり、城を枕に討死する覚悟で、奮戦するのみ」

主君を失った衝撃から、破れかぶれの主戦論が大勢を占めた。いつも上段に座し、場を仕切っていた宗綱がいないことで統制がとれず、各自が勝手に発言し騒然としていた。

しかし、亡骸にすがる幼子達のすすり泣きを聞くうちに、めいめいの声は止み、静寂が訪れた。

「まずは佐野家の安泰をはかることが肝心じゃ」

重臣の大貫《おおぬき》越中守が言うと、一同が頷いた。元旦早々の大事で、皆の身体と神経は疲れ切っている。今後の方針は重臣達に任せることにし、家臣達は侍屋敷に引きあげた。ただ臨戦態勢は解かず、いつでもはせ参じられるようにしておくよう申し渡された。

書院の間で重臣達の評議が始まった。跡取りを誰にするかが主題だが、もともと不和だったため話し合いは一向に進まない。ご一門の西佐野岩崎家がこの場にいれば、中心となって話を進められたであろうが、岩崎家の当主も須花坂で討死している。

重臣の中に、単独で佐野家を率いられる者はいなかった。それ程、佐野家当主の権限は強いものだった。だからこそ下野の小さな大名が、乱世の中を何とか生き抜いてこられたのだ。若き宗綱の独断専行も、やむを得ないものと重臣達もあきらめていた。

しかし、こういう事態になれば、どこか有力な大名家から婿養子を迎えなければ、佐野家の存続は危うい。今までにも政略のため和を結ぶことは度々あったが、佐野家として独立を保ってきた。だが、このような状況で他家から婿養子が入れば、家の名は残ったとしても、実質的にはその大名家の傘下に入ることになる。

「やはり、小田原の北条家しかござらん」

「いや、何度も味方して頂いた上総国の佐竹家がよろしいかと」

重臣の中には、他家と気脈を通じた者もおり、それが派閥を形成していた。これが、佐野家内の不和を生じさせた一因となっている。どの家から養子を迎えるかは、重臣にとっても死活問題だった。

話し合いはこじれた。やがて、殿の傍にいながら出陣を止められなかった者の責任追求や、奇襲が長尾方に知られたのは内通者がいたに違いないとの言い争いになった。

「いやはや、あきれたものじゃ。家が滅ぶときとは、こういうものか」

そう言って、横になってしまう者までいた。

その時、外の廊下でドンと音がした。

「奥方様です」

張りのある女人《にょにん》の声と共に、襖《ふすま》が開かれた。廊下中央には故宗綱の奥方が立っていた。白い鉢巻に襷がけで、長刀を携えている。両側に正座している腰元達も、同じような装いをしていた。

奥方は書院の間に一歩踏み込むと、重臣達を見回した。

二十代前半ながら小柄で童顔のため、普段は十代の愛らしい娘のようだったが、今、長刀を持ち毅然として立つ姿は、戦国武将の妻としての威厳に満ちていた。先ほどの音は、奥方が長刀の端で廊下を叩いたものらしい。

城内の女人達は臨戦の気構えでいる。我らは何をしていたのだ。重臣達は己を恥じた。

「亡き殿から、かねてよりお聞きしていたことを伝えます」

奥方の言葉に一同はあわてて姿勢を正し、頭《こうべ》を垂れた。

「もし、殿の身に一大事あるときは、叔父上の天徳寺了伯殿にお伺いを立てるように」

天徳寺了伯。先代佐野昌綱の弟だが、以前に出家して現在は京にいるという。高齢ながら佐野家の血筋を継ぐ男子がいたことを重臣達は思い出した。

「もう一つ。この方をあらためて重臣に列せよとのことです」

書院の間に男が入ってきて、一礼した。高瀬紀伊守だった。

「あとは頼みました」

奥方が部屋を出ると、襖が音もなく閉まった。

○外交という戦《いくさ》

重臣一同、驚きをもって高瀬紀伊守の姿をまじまじと見た。

紀伊守は静かに歩を進め、末席に座ると再び一礼した。

「き、紀伊守殿。生きておられたのか」

「恥ずかしながら」

「免鳥城で討死したと聞いておったが」

「瀕死の状態で宗綱様に救い出されました。助かりそうはないが、せめて自宅で最期を迎えさせよと、殿は高瀬の家に私の身を送り届けて下さったとのことです。ところが、奇跡的に命を取り留めました。家の者が殿に報告すると、まずは療養に努め、追って沙汰あるまで謹慎せよとの命をうけました。よって、今日、奥方様からお呼び出しをうけるまで、屋敷に籠もっておりました」

紀伊守はそれまでの事情を説明した。ただ、瀕死状態だったというのは、誇張した表現である。敵弾を兜に受け気絶していたでは格好がつかないから、瀕死だったことにせよと宗綱から言われていたのだ。

「相変わらず運の良いことで。佐野家もそれにあやかりたいものじゃ」

　半ば皮肉をこめて言う者がいた。

「さて、評議を進めよう。奥方様のお言葉にあったように、ご一族の天徳寺了伯殿にお伺いをたてるのが第一じゃった。至急、わしが手紙をしたため、使者を出そう。ご一同よろしいかな」

　大貫越中守が主導権をとって話し出した。強引にことを進める越中守に反感を持つ者も多く、それが重臣達の不和の一因にもなっていた。

「それでは、ぜひ伺って頂きたい。現在、天徳寺殿は出家の身なれど、還俗して佐野の家督を継ぐことも可能。まずは家督相続をお願いしてみてはどうか」

　長老格の飯塚兵部が言った。

「相続の件はどうであろうか。天徳寺殿はすでに佐野家を出られた方。それにご高齢。今や天徳寺殿を知らない家臣も多く、はたして家中がまとまるかどうか……」

　大貫越中守が難色を示した。大貫は親北条家派の筆頭で、北条家から養子を迎えたがっているのを、重臣達は感づいていた。

「いや、ご高齢といっても、わしよりはお若い。しかも槍の名手で、佐野家中で敵う者がいなかったことは、今でも語り草になっておる」

　飯塚兵部が食い下がった。

「そう、ご一族の天徳寺殿への相続の打診こそ第一に行うべきもの。その返事が届くまで、家督をどうするかは判断できません。当面は我ら重臣による合議とし、長尾への備えを強化して、じっと絶えて待ちましょう」

赤見内蔵介が飯塚兵部に同意した。他の重臣達も頷いた。

結局、相続問題を含め、天徳寺了伯の指示を仰ぎたい旨の手紙をしたため、明日早朝、早馬で使者を出すことになった。


相続問題がいったん棚上げになったところで、足利の長尾対策へと話題が移った。実際問題として、こちらの方が緊急だった。

今まで、数で勝る長尾勢に何とか対抗してこられたのは、自ら最前線を駆け回り指揮をとった猛将宗綱がいたればこそであった。

ただ、その勇猛さが今回は裏目に出た。宗綱を失った現在、長尾方が総攻撃をかけてきたら佐野家滅亡は十分あり得る。

堅固な唐沢山城に籠もり守りに撤しても、時の勢いからして、いつまでも持ちこたえられないだろう。援軍が来る当てがあって初めて、籠城という策が生きてくる。

いろいろな策を検討してみたが、決め手はなかった。長尾家に詫びを入れ、和議を結ぶという発想は、長年の遺恨から全くなかった。

「やはり、大至急、近隣の有力大名に助けを求め、庇護下に入るべきでないか。家が滅んでしまっては、天徳寺殿への手紙も無意味になる」

大貫越中守が再び持論を持ち出そうとしている。小田原北条家の名が挙がるのは、間違いない。現実問題としては、それしかないだろう。ただ、大貫越中守に主導権をとられることは我慢ならなかった。

越中守は予定通りに進んできたことに満足している様子だった。疲れ切った重臣達は、今後の展開を予想し、越中守の口から「北条」の名が出るのを待った。

「よろしいでしょうか」

予想に反して末席から声が上がった。高瀬紀伊守だった。

「まずは、殿の首を城に戻すのが先ではないですか」

突然、場の雰囲気とかけ離れた発言が出た。重臣達は、その意味をとらえるのに一瞬とまどった。

「な、何を言うか。我らとて誰しも、殿の首を失ったのは断腸の思いだ。自分の命と引換てでも奪い返したい。現に須花坂で、どれだけ必死になって殿の首を取り返そうとしたことか。紀伊守はそれを知らんから、そんなことを言うのだ」

「そうだ。持ち去られた首を追って、敵陣深く駆け入っては、次々と討たれていった。あまりに犠牲が多いので、後日の仇討ちを期して、泣き泣き撤退したのじゃ」

「亡き殿の首は、足利城の長尾顕長のところだろう。全滅覚悟で乗り込んで取り戻したいが、それでは奥方様や姫君をお守りできなくなる。お家を守るために、耐え忍んでいるのではないか」

「今ごろやってきて、首を奪い返しにいくのが先決などど、軽々しく申すな」

須花坂の戦に参加した重臣達が口々に叫んだ。今まで抑えていた無念の思いを、一気にはき出した。

そのうっぷんが、不在だった紀伊守に集中した。

「いや、力ずくで首を奪い返すとは申しておりません。城に戻すと言ったのです」

落ち着いた口調で紀伊守が言った。

「敵から奪い返さずに、どうやって城に戻すのだ」

「長尾顕長殿に頼んで返してもらうのです。首がないと弔いができないと、お願いするのです」

紀伊守のあまりにも単純な答えに、皆は唖然とした。

今朝、奇襲攻撃をかけたのは佐野の方だ。それなのに、のこのこ出かけていって、討たれた主《あるじ》の首を返して欲しいと頼む。そんな虫のいい依頼を了解するはずはない。

いや、それ以前に、使者の首は飛んでいるだろう。

「だれが使者になるというのだ」

大貫越中守が問いかけた。

「もちろん私が参ります」

「殺されるかもしれないぞ」

「覚悟の上です。高瀬家は上野国からやってきて、当家に代々お世話になってきました。ところが、私がふがいないばかりに、大切な免鳥城を奪われるという失態をしました。さらに、宗綱様には命まで助けて頂きました。宗綱様亡き今、ご恩に報いるために私にできるのは、命と引換にしてでも御首を返してもらうことでございます」

紀伊守の目からは涙がこぼれ落ちていた。

これは本気だ。皆、そう感じた。そして、強運の紀伊守だったら頼んで返してもらうことが、可能かもしれないと思えてきた。

（それならば、やらせてみよう）

座を仕切る大貫越中守は、紀伊守を使者として派遣することを決した。

翌朝、天徳寺了伯への使者が乗った早馬が京へ向かった。

一方、高瀬紀伊守の乗った馬は足利へ向かった。従者は馬の轡《くつわ》を取る者一人だけである。昨夜はその気になってしまった重臣達も、一夜明けてみると紀伊守の無謀さに呆れた。

やがて、首のない胴体を乗せた馬を、従者が引いて帰ってくるのではないかと思いながら、去っていく紀伊守の小さな背中を見送った。

ところが、その日の昼過ぎ、高瀬紀伊守は佐野宗綱の首と共に帰ってきた。錦《にしき》の布に包まれた白木の箱の中には、綺麗に清められ化粧を施された首が収められていた。

さらに、長尾家から三人の重臣が付き添ってきて、お悔やみの言葉を述べた。そして、

「女性《にょしょう》のみが残された佐野家を直ちに攻めるような卑怯なことは、武士の名誉にかけてしません。安心して供養して頂きたい」

と、長尾顕長からの言葉を伝えた。

重臣達はあっけにとられた。やはり紀伊守には強運が付いているのか。強運どころか、もっと神がかり的な何かがあるのではないかと、感じた者もいた。

不思議に思った者が、どのように交渉したのかと問うても、紀伊守は「長尾殿にひたすら頼み込んだ」としか答えなかった。

ただ、

「元免鳥城主・高瀬紀伊守と名乗ったとき、出迎えた家臣は亡霊でも見たかのように、真っ青になりました。本当に高瀬紀伊守かと聞かれたので、免鳥で奇跡的に助かったと話すと何とか納得したようでしたが、以後、好奇の目で見られているようで、妙な気分でした。最初は威圧的だった長尾殿も、お願いしていると急に態度が変わりました」

とも話した。

実際、そうだった。突然、長尾方に劇的な変化が起こり、首を返還してくれることになったのだ。

あの時、足利城内の大広間では、昼間から戦勝祝いの酒盛りの最中だった。上段に座する長尾顕長の膳の前には白木の箱が置いてあったが、その中に佐野宗綱の首が入っているのは間違いない。

祝宴の座の中央に高瀬紀伊守はいた。

「首を返して頂きたい」

そう繰り返し、ひたすら頭を下げ続けた。

これ以上の祝杯の肴はなかった。酔いにまかせて、紀伊守へ罵声を浴びせる者もいた。

紀伊守は死を覚悟した。だが、自分が死んでも、首を返してもらえる見込みは薄かった。小柄な身体をさらに縮め、床に触れるくらいに頭を下げた。

「免鳥の死に損ないが。お前が佐野の代表か。もっと活きのよい人物はおらんのか」

城主の近くに座する重臣らしき者が、嵩《かさ》にかかって言った。

「佐野家の代表なら、亡き城主の奥方がおるじゃろう。まだ若い身で気の毒なことじゃ。殿、いかがでしょう。宗綱の奥方を側室にすることを条件に首を返すというのは」

別の者が卑猥な薄笑いを浮かべて長尾顕長に言上した。

「それも悪くないな。宗綱の未亡人を頂いてから、佐野全体を手に入れようか」

この長尾顕長の言葉を聞くに及んで、紀伊守に激しい怒りがこみ上げてきた。同時に、鬨《とき》の声が一斉に上がり、幾千幾万もの軍勢が背後に駆けつけてきたような気配を感じ、全身に力がみなぎってきた。

紀伊守は頭を上げると、背筋を伸ばして長尾顕長を見据えた。

「佐野家は鎮守府将軍藤原秀郷公の末裔にして、鎌倉幕府御家人を経て、足利将軍家一族・古河公方の有力武士団として長い歴史をもちます。一方、長尾家は桓武平氏の末裔にして、相模国鎌倉郡長尾郷を本拠とする坂東八平氏の一家であり、関東管領山内《やまのうち》上杉家の有力武士団……」

突然、紀伊守が両家の由来を語り始めた。まるで何かに憑《つ》かれたようだった。

長尾顕長をはじめ家来衆は紀伊守の豹変に驚き、ただ聞き入った。中には、あわてて胡座《あぐら》から正座になる者もいた。

「両家とも長い戦国の世を戦い抜き、上杉謙信や小田原北条家の圧迫にも独立を保ち、今では下野国南部で隣接して相争っております。幾度となく戦場で堂々と渡り合ってきましたが、この度は武運つたなく我が主君が討たれました。しかし、佐野武士団は滅んでおりません。奥方様を側室に差し出すような屈辱を受けるくらいなら、最後の一人が絶えるまで死にものぐるいで戦い抜くでしょう。その時には、当家にも多大の犠牲が出ることを覚悟願いたい。そして佐野家が消滅し下野南部の均衡が破れれば、北条家は一気にこの地を手に入れようと、長尾家を滅ぼすでしょう。まだ、この様な泥沼の戦を続けるのですか」

長尾顕長の赤ら顔が真っ青に変わっていた。

「た、高瀬紀伊守殿。酒の席とはいえ、ご無礼いたした」

姿勢を正し、顕長が詫びた。

「たしかに勝敗は時の運。宗綱殿の御首は直ちにお返し致す。今日はまだ正月の二日。正月にこれ以上の戦は無しにいたそう」

態度が急変した。祝宴は中止され、宗綱の首を返却する手配が行われた。

なお、長尾顕長は佐野宗綱を討った豊島彦七郎忠治に、その功を称える感謝状を出し佐貫庄須賀郷という所に三百貫分の領地を与えている。敵の大将を討ち取ったのだから当然のことだが、日付が三月二十七日となっている。三ヶ月も遅らしたのは、長尾方に遠慮があったのではないかと思われる。

○天徳寺か北条か

当面、長尾家から攻撃される脅威はなくなった。

本光寺《ほんこう》において、佐野宗綱の葬儀が行われた。佐野家の菩提寺である本光寺は唐沢山の北、青柳山麓にある。文亀《ぶんき》二年（一五〇二）に宗綱の五代前の当主佐野盛綱《もりつな》が、武蔵国龍淵寺《りゅうえんじ》の大朝宗賀《だいちょうしゅうが》を招いて建立した。大朝宗賀は忍城主成田家の一族で、かつて佐野と成田の一ヶ月以上にわたる壮絶な合戦の仲裁を見事に果たしたという縁があった。

宗綱の葬儀は住職・超岩正全《ちょうがんしょうぜん》によって行われた。本光寺では佐野家当主の葬儀を営んだ後、住職が隠退することになっている。前住職の得翁主撮《とくおうしゅさつ》も、佐野昌綱の葬儀後隠退し、現住職に変わっていた。武家の社会では当主が亡くなると、重臣達が殉死するという慣習があるが、平時でのことだ。戦国の世でそのようなことをしていたら、主家は潰れてしまう。住職の隠退は、重臣の殉職の代わりの意味があるのかもしれない。

亡き宗綱の首を取り戻し、長尾問題も解決した紀伊守は、当初はもてはやされた。しかし、本人はそれに触れられるのが苦痛のようだった。

「殿が無謀な彦間攻めを行った原因は、免鳥城を奪われたことにある。紀伊守殿はその責任を感じているからさ」

いかにも訳を知っているかのように説明する者もいた。紀伊守はますます寡黙になり、喪に服した。

重臣達は再び後継者問題に没頭するようになった。

やがて、京都から天徳寺了伯の返答を得た使者が帰ってきた。答えの主旨は次のようなものだった。

『自分は現在僧籍にあるが、京都の新黒谷に住み、秀吉殿に仕えている。佐野家当主宗綱の討死は無念であるが、すぐに動くことはできない。時を見て秀吉殿の許しを得て東国に帰るつもりだが、当面は重臣達による合議で佐野を治めてもらいたい。

佐野家の家督は、もし自分が継いでも高齢で跡取りがないので、また問題になる。宗綱には女子ながら子供がいるので、有力大名から若く能力のある婿を取り、家督を相続してもらった方が後々安泰であろう。自分としては、長年、佐野家と親交のある常陸国・佐竹家がよいと考える』

天徳寺了伯自身の意見が明確に述べられていた。佐野家の危機に対し強い関心をもっていることは明らかだが、すぐに佐野に戻ることはできないという。これでは、当面、天徳寺の佐野家相続は断念せざるを得ない。

今後も、手紙のやり取りで指示を得るという手もあるが、緊急の事態には対応ができない。長尾家以外にも、佐野家の弱みを知って、虎視眈々と狙っている敵はいくらでもいた。佐野家は依然、追い込まれた状態にある。

やはり、当面は、重臣の合議で目の前の事態に対処していくしかない。

この時、大貫越中守、赤見内蔵介、武沢源三郎、津布久駿河守、山上美濃守、飯塚兵部、高瀬紀伊守、小見小四郎の八名が合議制をとって城を治めたと『関八州古戦録』にはある。

天徳寺了伯が常陸国・佐竹家からの養子縁組を主張したのには次のような訳がある。

上杉謙信が没した後、関東での均衡が崩れ、北条家の力が強まった。かつて北条家に対して謙信が担った役を、佐竹家が負ってくれた。特に佐野宗綱は何かに付け佐竹義重に書状を送り、近況を報告したり相談していた。重臣達の不和に悩んだ宗綱にとって、佐竹義重は心強い味方であった。もちろん佐竹家とは戦ったこともなかった。

そのような状況を、天徳寺は秀吉の元にいても十分に知っていた。秀吉にとっても、言うことを聞かない北条家は天下統一のために邪魔な存在になりつつあった。いずれ戦になることも天徳寺は察していたのかもしれない。

ただ、関東においてみると、北条家の方が佐竹家より遙かに力を有している。大貫越中守は目の前の現実を見ていた。

佐野家の反大貫派は反北条であり、佐竹家からの養子縁組を望んでいる。天徳寺からの書状が後押しになり、佐竹家が有力になりつつあった。

すると、佐野領周辺に頻繁に軍勢が姿を見せるようになった。北条方の威嚇と思われる。一部では小競り合いもあった。

そして、佐野領との境にある藤岡城に、北条の大軍が入った。かつて藤岡家は佐野方であったが、既に北条傘下に入っている。佐野の喉元に危機が迫ってきた。

その直後、小田原から北条氏政、氏直の書状をもった使者が来た。現当主は氏直だが、実質的には隠居した父の氏政が実権を持っている。氏政との連名は、それだけ重要なものだということを示していた。この書状が、軍事的威嚇と対になっているのは明らかである。

北条家からの申し入れの概要は、

『名門佐野家が断絶するのは忍びない。北条一門に入れば家は安泰となる。縁組を進めよう』

というものだった。内容が簡単明瞭なのは、佐野の重臣の中に気脈を通じた者がおり、具体的な策が進行していることを暗示していた。

「天徳寺殿は家督相続を固辞し、姫君に婿をとおっしゃっている。そして、北条家からは縁組みの申込みがあった。ご一同、もうこのへんで結論を出そうではないか」

親北条派の大貫越中守が、一気に攻勢に出た。

「天徳寺殿は上総の佐竹家を推しておられるが、そのことはどうなされるます」

津布久駿河守が問いかけた。

「天徳寺殿は重役による合議で佐野家を治めよと言われている。東国での事情に通じている我らに委ねられたのじゃ。今や関東は北条家の支配が進んでおり、佐竹家も遠からず傘下に入るであろう。それなら最初から北条家と結んだ方が得策ではないか」

現実的には大貫越中守の意見は説得力があった。

「実は、わしには腹案がある。姫君の婿として、北条家先代・氏政《うじまさ》様の弟氏忠《うじただ》様をお願いしてみようと思っている。現当主氏直《うじなお》様の叔父上じゃ。これなら佐野家は北条一門に堂々と名を連ねることになる」

これが大貫越中守の腹案ではなく、すでに北条家との間に交わされた密約であることは明白だった。

いつの間にか北条一族への呼び名に「様」が付いている。

重臣の中に表だって反対する者はなくなった。高瀬紀伊守は終始無言だった。

三章　北条傘下の佐野

○北条氏忠来る

天正十三年（一五八五）二月二十五日。北条氏忠の一行が唐沢山城にやってきた。

三十八歳の男盛り。勇将で知られた三代目北条氏康の六男で、家督を継いだ兄氏政よりも氏康の気性を強く受け継いだ逸材とも言われている。小田原城の西側を守る足柄城の城主でもあった。馬上の氏忠には、既に城主として十分な貫禄が備わっていた。

わずか五歳の姫とは年の差がありすぎるが、このような例は戦国の世では時折あった。だが、氏忠には既に妻子がいた。さすがにこうなると、佐野家への婿入りとは形式的なもので、完全な政略結婚だということが明白だった。

実質的には、佐野家は北条に乗っ取られたと言える。入城する行列を見守りながら、佐野の家臣達は複雑な気持だった。

しかし、氏忠程の人物を当主に迎えることで、佐野家は安泰となる。宗綱急死以後の不安定な状況はなくなった。

（何という田舎だ。それに、城というより、砦ではないか）

佐野領や唐沢山城を初めて見た氏忠は、そう思った。巨大な小田原城と比べれば、たしかに砦程度であろう。

（なぜ、兄氏政や上杉謙信は、何度攻めてもこの様な小城を落とすことができなかったのだろうか）

当然の疑問だった。

（藤原秀郷）

突然、その名を思い出した。北条家と同じ平氏である平将門《まさかど》を滅ぼした男。桓武天皇の流れをくむ桓武平氏の将門は、自ら新帝と称し関東を支配しようとした。

その夢を打ち砕いた一人が藤原秀郷だった。

佐野家は秀郷の末裔であり、この城の礎も秀郷が築いた。藤原秀郷は伝説化された人物だが、それが集約されたのが唐沢山城だ。

これからは氏忠自身がこの城の主となる。


夕刻。氏忠は本丸大広間の上段に座っていた。佐野家の主だった者が集まっている。

（どう見ても田舎侍ばかりだ）

一同を見渡して、氏忠はやや落胆した。唐沢山城が難攻不落といわれたのは、有能な家臣団がそろっているためかと思っていたが、そうでもなさそうだ。

まず最初に大貫越中守が代表して歓迎の意を述べた。

「いろいろとご苦労であった」

氏忠の言葉には、大貫越中守の働きに対するねぎらいが込められていた。

以後、家臣達が順次お辞儀をして名前を述べた後、氏忠から直に言葉を頂戴することになった。この場合、当主はいちいち頭は下げない。

(最初が肝心じゃ。田舎侍に小田原北条家の威厳を見せつけなければ)

氏忠は尊大に構えた。

「よろしく頼む」

「しっかり励んでくれ」

「忠義を尽くせよ」

「よろしく頼む」

形式的な言葉が繰り返されていた。

「高瀬紀伊守忠行でございます」

紀伊守と氏忠の目が合った。

「……」

氏忠は何故か言葉が出なかった。目の前にいる初老の武士は、端正な顔立ちで気品もあるが、小柄で、特に威厳があるわけではない。

だが不思議な気配を感じた。

(な、何だ。何事が起こったのだ)

頭の中が混乱している。何かに魂が奪われてしまったようだ。

空白の時間が過ぎた。

「小見小四郎にございます」

次の者が気付いて、名を言った。

「た、頼むぞ……」


対面を終えると、氏忠一行は別室に移り夕餉をとった。今後の方針は、明日、家臣団を集めて話すことになっていた。

「殿、いかがなされました」

側近の一人が尋ねた。

「何のことじゃ」

「先ほどの重臣達の挨拶の時、ある者に対してだけ頭を下げられました」

氏忠には、そのような記憶はなかった。

ただ、頭の片隅には、何か異質なものに遭遇したような感覚が残っている。自分ごとき者が、踏み込んではならない神秘的な領域に立ち入ってしまったような気もした。

氏忠の全身に悪寒が走った。

「殿、お顔が真っ青でございます。旅の疲れが出たのでしょう。すぐにお休みを」

側近が気を利かせ、大急ぎで寝床の準備をさせた。


確かに身体は疲れ切っているが、氏忠はなかなか眠りに就けなかった。

（もし頭を下げたのが本当だとすれば、あの初老の者の時だろう。だが何故……）

外では風が強くなり、木々が激しく揺れ動く音がする。まるで獣のうなり声のようだ。相模湾に面した小田原城で育った氏忠にとって、山に吹く風は耳障りだった。

（とんでもない所に来てしまった。おそらく異質な土地への戸惑いと、疲れのせいだろう。同じような挨拶が続いたので、気が抜けてしまったに違いない。あれは、たまたまだ。考えすぎだ。だが……、とにかく用心しよう）

当初は新城主として威厳を見せつけ、佐野家臣団には絶対服従を誓わせるつもりだったが、しばらくは様子を見ようと氏忠は思った。


翌日、本丸前に佐野家の家臣団約五百が集まり、新城主の言葉を拝聴した。

（謙虚に。謙虚にじゃ。佐野家はもうわしのものなのだ。ここで、自分の家臣になった者達をいたずらに刺激するのは得策でない）

氏忠は自分に言い聞かせて、佐野家臣団に向かった。

「北条氏忠である。当家に婿入りすることになっているので、できるだけ近いうちに佐野氏忠と改めるようにする。今まで北条と佐野は幾たびか戦を交えてきたが、これからは一体である。一門である。わしは佐野家当主として、当家のために尽くしていきたい。まず第一に、全ての家臣には、今までの領地や禄をそのまま安堵することを約束する」

歓喜のどよめきが各所から上がった。

氏忠は満足そうに家臣団を見回した。まず自分達の立場が安泰だと知らせることが、新領地を支配する上で何よりも効果があるのを知っていた。

「また、佐野家の菩提寺である本光寺《ほんこう》の寺領も安堵し、歴代のご当主を自分のご先祖と思い大切にしていく」

これには重臣達が満足そうに頷いた。菩提寺の安泰は、家の存続を保証するものと受け取れた。宗綱の葬儀後出家し、尼姿になっている奥方も目に涙を浮かべた。二人の幼い姫は、不思議そうに母を見上げている。

「今や関東の大部分は北条家の支配下にある。佐野と敵対していた長尾とて、北条家の下《もと》にある。佐野から奪った境七郷、免鳥城、彦間城などは直ちに返却するよう、近々、長尾顕長を小田原に呼び出して申し渡すことになっている。これは、わしから小田原城主北条氏直殿へ直々にお願いし、既に確証を得ている」

「おぉーっ」と、再びどよめきが起こった。

わずか二ヶ月前には、主君を討たれた恨みと、侵攻される恐怖に怯えていた長尾との問題が劇的な解決をみた。一滴の血も流すことなく、失った領地があっさり返ってきた。

外交とはこういうことなのか。今まで戦に明け暮れ、戦でしか問題の解決が図れないと思っていた板東武者達は、まさに「目から鱗が落ちる」思いだった。

家臣団の様子をみて、北条氏忠は人心を掌握できたと確信した。

実は、あと二つほど伝える件があったが、それを持ち出すと喜びに水を差すことにもなりかねない。

今回はこの辺で切り上げ、後日伝えようと判断した。

（そうだ。あの者はどこにいる）

佐野家の全員が集まっている。どこかに居るはずだ。氏忠は家臣団を見渡したが、紀伊守を見つけることはできなかった。

（やはり、思い過ごしだったに違いない。見てくれ通りの存在感のない者だった）

氏忠はそう自分に言い聞かせた。

「当分の間、戦の心配はない。領民と力を合わせ、荒れた田畑や山林を回復し、城の整備を進めておくよう申し伝える。わしは一旦小田原に帰るが、重臣の方々、留守中はよろしく頼み申す」

北条氏忠一行は去っていった。わずか二日間の滞在だった。

〇人質の招集

「結果的には、よかったではないか」

佐野家中には安堵の色が広がった。

「さすがに大貫越中守殿の判断はたいしたものじゃ」

今回の縁組みを中心になって進めた大貫越中守の評判は一気に高まった。親北条派だった大貫一派の勢いが増し、反北条派だった者達は肩身が狭くなった。相続問題は一段落したものの、佐野家内の不和は依然くすぶっていた。

『大貫越中守を唐沢山城の城代とする』

突然、小田原の氏忠から辞令が届いた。

「やはり、そういうことだったのか」

「越中守は佐野家を北条に売ったのだ」

反北条派だった者達は激怒した。

北条家に支配された佐野家にいるのを潔しとしない家臣は、浪人したり他家へ仕官の道を求めて出ていった。その際、天徳寺了伯へ今回のいきさつを述べ、「佐野家再興のときあらば、いつでも帰参致します」との誓書を提出する者もいた。

さらに佐野の家臣団を憤慨させることが起こった。

『忠誠を尽くす証として、小田原に順次証人を送るように』

この氏忠からの命令は城代の大貫越中守から伝えられた。証人とは人質のことである。さすがに越中守も自分の口から言うのは辛そうであった。

「人質とはどういうことじゃ。佐野家は北条一門となったのではなかったのか」

「これでは、北条配下となった他家と同じではないか」

重臣達は、城代に詰め寄った。人質を出すのは、戦国の世では取り立てて珍しいことではない。佐野家でも、今までに何人も出してきた。たとえば、上杉謙信と和睦するときは当時の当主佐野昌綱の弟の毘沙門《びしゃもん》丸を越後に送っている。

秀吉ですら、妹を徳川家康のもとに妻として送り、さらに実母まで付き添わせた。家康も二男秀康を秀吉の養子として出している。同盟には婚姻や養子縁組がつきものだが、ある意味で人質の交換と言える。

ただ、今回重臣達が腹を立てているのは、今ごろ人質の話が出てきたことに対してである。氏忠を婿に迎え北条傘下に入るのをすんなり進めるために、大貫越中守が人質の件を隠していたのではないかと疑った。大貫派と他の重臣達の対立は再び激しくなってきた。

それでも、現実問題としては人質を拒むわけにはいかない。第一回目の人質として、大貫越中守は故佐野宗綱の弟の毘沙門丸という少年を小田原に送った。むろん宗綱にそのような弟はいない。もし、いれば佐野家相続であれほどもめることはなかった。毘沙門丸というのは、かつて上杉謙信に養子に出した宗綱の叔父の名前と同じだ。

まず佐野一門から人質を出す必要があったので、適当な者を身代わりに立てたものと考えられる。ひょっとすると、北条側も承知の上だったのかもしれない。

本当に人質が必要だったのは、反抗的になってきた佐野の旧家臣団の方だった。重臣や主な家臣の家族が、何回かに分けて小田原に送られていった。その数は三十人を超えた。

落合図書《ずしょ》という者に至っては、五歳の子供と老齢の父親がとられている。

「わしのことが、それ程に信じられんのか」

落合図書は激怒した。たしかに、大貫派の家臣からは、ほとんど人質がとられていない。

佐野の不穏な動きを感じた北条氏忠は、正式に佐野氏忠と名前を変え、人質の家族に対しても「大切に預かっているので心配しないように」との手紙を送った。菩提寺である本光寺にも寺領保証の安堵状を出すとともに、自分が佐野家を継承していく意志を示して、旧家臣団の結束を図ろうとした。

それでも、佐野氏忠自ら唐沢山城にやってくることはなかった。


「須花坂の合戦では、こちらの奇襲作戦が事前に漏れていたらしい」

そういう噂が広まった。足利の長尾家とは、今では共に北条傘下として交流が始まっている。長尾家のある者から聞いた話だという。

「元旦に佐野勢が攻めてくるかもしれないので、須花の峠に鉄砲隊を伏せておくようにと前日に命令があったという。そして、大将自ら先頭を駆けてきたので驚いたらしい。実際に戦に参加した者の話だから間違いない」

「佐野家の者達ですら奇襲を知ったのは直前だった。なのに何故、長尾方が知っていたのだ」

「そう言えば、大晦日に殿は重臣の一部に奇襲作戦を伝えたが、反対されて一旦はあきらめたという。重臣の中には事前に知っていた人物がいることになる」

「殿の死で利を得た者と言えば、やはり大貫……」

このような会話が反大貫派の中で行われ、家中に広がっていった。大貫派は、それを陰謀だとして否定し、噂の出所を探った。

奇襲作戦漏洩の真偽は不明のままだったが、不安定な状態が続く佐野家中において、ついに事件へと発展していった。

普段は城代として唐沢山城にいる大貫越中守だが、城下吉水《よしみず》村に屋敷をもっている。吉水村とは唐沢山の真東にあたる平地部で、かつて佐野家当主の館である吉水館（城）があった。戦国の世になり、戦への対応から唐沢山へ居城が移されたが、それまでは吉水が佐野領の中心地となっていた。また、藤原秀郷を祀る田原八幡をはじめ寺社が多数あり、佐野家の霊場ともなっている。

そのような聖地で、血生臭い騒動があった。

大貫越中守が帰宅していた夜、反大貫派三十数名が屋敷を襲撃した。越中守は観念して切腹したとみられたが、実は屋敷をひそかに抜け出し唐沢山城に入ったことが後に分かった。

これ程の事件が、あまり公にならなかったのは、佐野家内部の不祥事が北条家に知られたら、それを口実にお家断絶にされ、完全に乗っ取られる恐れがあったからである。さすがに大貫越中守も、反対派もそれだけは避けたかった。

大貫越中守は引き続き城代を務めたが、佐野家中で離反していく者が増えていった。

この頃、高瀬紀伊守はどうしていたか。

重臣には列しているが、存在感がないためか、派閥争いに熱心に誘われることもなかった。定期的に唐沢山城に出仕する他は古江にいて、半分は家臣や農民兵の訓練を行い、半分は農作業をして日々を送っていた。

小田原の佐野氏忠は、城代大貫越中守の影響力が落ちたのを感じてか、中立派とみられる高瀬紀伊守や福地出羽守に直接命令を伝える文書を発給するようになった。高瀬も福地も他国から移ってきた源氏系の客家だった。その分、先祖代々からのしがらみがないので、派閥争いの圏外にいられたともいえる。

「福地家では今後、宗綱様の命日となる元旦には、餅を食べないようにします」

「では、高瀬家では、正月飾りをやめます」

そのように誓い合ったりもした。

佐野氏忠からの発給文書は、年貢や臨時の出銭、城や掘り割りの普請、足軽の招集や装備など、こまごまとした点まで述べられている。中には、竹藪が戦で荒れ果ててしまっているので、竹の子を取ることを禁じ、早く竹藪を復活させよといったものまであった。氏忠は佐野の領国支配には、かなり神経を注いでいたようだ。

○新免鳥城主・佐野和泉

足利の長尾家から返還された免鳥城は、再び高瀬家へ託すと言われたが、紀伊守は固く辞退した。その代わり、二十代前半と若い佐野和泉《いずみ》を推薦した。和泉は西佐野岩崎家の生まれだ。

免鳥城は六十年以上前の大永五年（一五二五）に、免鳥山城守義昌が築城した。免鳥家とは、かつて岩崎三郎義宗という者が当地に居住して免鳥姓を称したのに始まるという。よって、ふがいなく城を奪われてしまった自分より、免鳥城開祖の岩崎家縁《ゆかり》の者にお返しするのが筋であると、故事を交え理路整然と紀伊守は説明した。

その申し出を城代大貫越中守は「あっぱれな心がけ」と受け入れ、小田原の了解を得た。佐野家に縁のある西佐野家の若者を出城の城主に取り立てたのは、大貫の佐野家に対するせめてもの償いだったのかもしれない。

　西佐野家とは、正式には岩崎姓である。佐野西部の岩崎村岩崎城主であるが、通称西佐野家とも呼ばれているように佐野家の有力な一族である。佐野本家とも頻繁に養子のやり取りを行っており、本家に劣らぬ勢力をもっている。当主は岩崎姓を名乗るが、それ以外は佐野姓を名乗ることが多い。そこには佐野家の同族としての自負が込められているようだ。佐野和泉もその一族であるが、実は紀伊守の学問の弟子だった。

　歴史に造詣《ぞうけい》が深く博識だとの評判を聞いた岩崎家が、紀伊守に一族の子供達に学問を教えて欲しいと依頼してきた。月に一度程度、数年間にわたり岩崎城まで通ったことがある。当初、紀伊守は剣の指導も行っていたが、「わざわざ紀伊守殿においで頂いた貴重な機会ですので、学問に専念して頂きたい」と岩崎家で言ってきた。実は、大柄であるが十代前半の子供に、剣では敵《かな》わなかったのだ。

　その岩崎家の子供達の中の一人が、後の免鳥城主・佐野和泉である。

　このような縁から、西佐野岩崎家所蔵の貴重な系図や古文書一式を見せてもらえる幸運にも恵まれ、紀伊守の歴史研究が大いに進んだ。その中で、非常に興味深い逸話を知った。

　系図の最初には「木曽流佐野源氏岩崎家之正系」と記されている。佐野家は藤原氏のはずだ。それが何故、佐野源氏というのか。いきなり疑問点にぶつかった。

　系図を最初からたどっていくと、藤原鎌足から始まり藤原秀郷に至り、藤原姓足利家を経て佐野家が興る。佐野家歴代の当主名が続くが、突然「木曽越前守源義基《よしもと》」という名前が出てきた。その由来は、木曽義高《よしたか》が佐野基綱から「基」の一字をもらい義基と改名し、岩崎城を与えられ岩崎義基として佐野一族となったという。これが西佐野岩崎家の祖であり、佐野源氏を称する所以《ゆえん》であるという。

木曽義高《よしたか》（源義高）とは木曽義仲《よしなか》の長男で、源頼朝に討たれたはずである。

源頼朝が平氏追討の軍を起こしたときのことだ。頼朝の従兄弟《いとこ》に当たる源義仲、通称木曽義仲は北陸方面に進出し、平氏の主力を撃ち破り、京都から平氏一門を西国へ追いやった。しかし、木曽義仲軍はさらに平氏を追討せず、京都を占領して略奪まで始めた。後白河法皇の要請もあり、頼朝は弟の源義経らを派遣し木曽義仲を討ち取った。

それ以前に、木曽義仲は長男で十一歳になる義高《よしたか》を、鎌倉の頼朝に差し出していた。名目上は頼朝の長女である六歳の大姫《おおひめ》の婿になるためだが、実際は人質であった。

父木曽義仲が討たれたことを知った義高は、自分も殺害されるのを察知し、女装して鎌倉を脱出した。頼朝は追っ手を派遣し、武蔵国入間河原で討ち取った。

大姫と母親の北条政子は、義高を大変気に入っており、幼い婚約者は仲むつまじかったという。ところが、義高が殺されたことを知ると、大姫は嘆き悲しみ、食事も水も喉を通らなくなり衰弱していった。これに激怒した北条政子は頼朝に迫り、義高を討った者を殺させてしまったという。大姫は、その後、頼朝が勧めたすべての縁談を拒絶し、二十歳の若さで亡くなってしまった。

以上が歴史上伝えられている悲話である。

ところが、岩崎家には別の話が伝わっている。入間河原で殺害されたのは身代わりで、木曽義高は生存しており下野国佐野領岩崎村に潜伏した。それを佐野基綱がかくまい、自分の名にある「基」の字を与え岩崎義基と改名させた。頼朝の死後、執権の北条氏に嘆願し、幕府御家人となり西佐野岩崎越前守義基と称した。義基は岩崎城主として、山形村の御所の入城、吉水村の清水城なども傘下におさめ在地領主になっていったという。

何故、鎌倉を逃げ出した義高が、頼朝方の佐野を頼ったのか。何故、佐野基綱はかくまったのか。はるか昔のことなので、理由は知るよしもない。

しかし、家伝ではそうなっているので、岩崎一族は源氏本流の血筋であると信じている。西佐野岩崎家が佐野家をはじめ、在郷の有力な家々と、さかんに婚姻関係や養子のやり取りを行ってきたのは、貴重な血筋を残していこうという悲願が込められているという。

高瀬家も初代宗長に西佐野家の娘が嫁いできている。

若き免鳥城主佐野和泉は、しばしば古江の高瀬屋敷へやってきた。もう長尾家との対立もなく、小さな出城でじっとしているのが苦痛だったようだ。

「先生、先生」と紀伊守を追いかけ、色々と質問をしたり、農作業を手伝ったりした。和泉は紀伊守の三人の子達と木刀で試合をすることもあったが、三人とも手も足も出なかった。和泉が強すぎるのでなく、三人が弱すぎるのだ。

「やはり、我が家は文官向きなのか」

紀伊守はあらためて確信した。

天正十七年（一五八九）十月。北条傘下になってから四年余が過ぎた。

この秋は小田原からの指示で、いつもより早めに稲を収穫した。戦が迫っている場合に、兵糧米と農民兵を確保するために、しばしば行われることである。

「先生。秀吉殿と戦になるのでしょうか」

佐野和泉が聞いてきた。

紀伊守は答えの代わりに、小田原の佐野氏忠から届いたばかりの書状を見せた。

『ご隠居様が上洛するので出銭を申しつける。月末までに永楽銭、黄金、麻のうち調達できたものから至急納めよ』

という内容だった。

「月末といったら、あと十日しかない。しかも、納める額が示されてない。手当たり次第各所に同じ文書を発給し、しゃにむに上洛用の銭や黄金を集めようとしているのは明らかだ。北条家も相当あせっていると思える」

「ご隠居様とは、先代の北条氏政様ですね。まだ北条家の実権を握っているご隠居様が上洛するのは、ただごとではありません。何のためでしょう」

書状を見ながら和泉が問いかけた。

「秀吉殿に直談判するようだ。上野国はほとんど北条家の支配下にあるが、沼田領の沼田城、名胡桃《なくるみ》城の領有をめぐって真田昌幸と対立し、一触即発の状態にある。真田家はかつて武田に属し、武田滅亡後は織田信長に、そして信長亡き後は一時徳川や北条に付いたこともあるが現在は秀吉殿の家臣となっている。真田昌幸は信濃の小大名ながら、戦国の世を生き抜いてきたしたたかさがある。しかも、真田昌幸には信幸、幸村という有能な子息がおり今後さらに力を増すのは間違いない。北条としては真田と正面きってことを構えたら、大やけどする危険性もある。領地問題は秀吉殿の裁定で沼田城を含む領内の三分の二は北条、名胡桃城のある三分の一は真田となった。名胡桃には真田家代々の墓地があるからという真田の主張が受け入れられたからだ。北条としては上野国のほとんどが支配下にあるのに、名胡桃だけが他領であることが不満で、依然小競り合いが続いている。ご隠居様は、真田昌幸の頭越しに直接秀吉殿と会い、領地問題について談判するようだ」

「必死に集めている黄金は、お土産用ですか。秀吉殿の黄金好きは有名ですから」

「そうかも知れん。ご隠居様としても北条家の力を誇示したいだろうからな。成り上がり者には黄金が最も効果ありと考えてのことだろう。しかし、秀吉殿が保有する黄金の量は桁違いだ。持っていった量の二倍、三倍、あるいは十倍の黄金を贈り返され、面目を失うだろう。ご隠居様は自分が交渉すればなんとかなるとお考えのようだが、残念ながら秀吉殿とは役者が違う。だが、ご隠居様の人の良さが幸いするだろう。うまく丸め込まれてしまうだろうが、それで当面の戦が防げるのなら上出来だ。とにかく、上洛の口実ができたことの方が重要だと考える」

「上洛の口実ですか……」

和泉はなぜ口実が必要なのか分からないようだった。

「秀吉殿はすでに九州まで平定を終わっている。天下統一のため次に狙っているのが関東じゃ。このことは北条家も十分に承知して、防備をかためている。しかし、秀吉殿は戦わずして傘下に入れようと考えている。そのいい例が徳川家康殿の上洛だ。信長公亡き後、秀吉殿と家康殿が対立した。小牧、長久手では戦もしたが、結局は家康殿が上洛し諸大名の見守る中で、秀吉殿に臣下の礼をとることで収まった。実は、それに先立ち、秀吉殿がひそかに家康殿を訪ね、天下安定のために自分の下に付いて欲しいと頭を下げたという裏話もある。その直前には、正室のいない家康殿に自分の妹を嫁がせ、さらに実母も預けている。これで二人は義理の兄弟となり、国を二分するような対立がなくなった。今、秀吉殿は北条氏政、氏直のお二人に上洛を呼びかけているが、北条家は意地になって拒絶している。真田との領地争いの交渉という名目なら、北条家も秀吉殿の上洛命令に屈したことにはならない。直接会えば、打開の道も開けてくる。もういい加減に面子や私利私欲、過去の怨みつらみを離れ、戦をなくすために知恵を絞るべきだ。それこそ、長年にわたる戦乱を、生き抜いてこられた者達に天が与えた使命だと思う。私は下野の一武士にすぎないが、この国の将来のことが気になって仕方がない。国全体が焦土になり、武士も民も衰退するのを、南蛮の諸国はじっと待っている。それを考えると夜も眠れないことがある。当面、大きな戦の危機は、秀吉殿と北条家の間にある。和泉の最初の質問への答えは、ご隠居様の上洛次第だと思う。高瀬家に黄金などはないが、無事米の収穫も終わったので、現在家にある永楽銭は全て小田原に送り、上洛の足しにしていただこうと思う。わしにできることといえば、これくらいだ」

普段は寡黙な紀伊守だが、一度話し出すと火が燃え上がるがごとく多弁になる。今回は和泉が火を付けたことにある。

佐野和泉は紀伊守の話を聞き、あらためて畏敬の念をもった。歴史を研究する仲間達との文通で全国の様子が分かるというが、専門の間者《かんじゃ》が手に入れてくるような秘密情報まで知っているようだ。さらに、ただの物知りでなく、自分なりに分析し今後の展開を読んでいる。国全体にわたる広い視野をもって考えている。

以前は道楽で歴史を調べている変わり者と言われていたが、今や時勢を見抜くことにその能力は発揮されている。先生はこのような片田舎でひっそり暮らしているが、とてつもない人物なのかもしれないと和泉は思った。

ご隠居・北条氏政の上洛は十二月上旬に行われるはずだった。

ところが、十一月に北条方の沼田城の城代・猪俣《いのまた》能登守が、真田方の名胡桃城を奪い取るという事件が起こった。北条側が、領土問題に対し秀吉自らが下した裁定に違反したことになる。

これは猪俣の抜け駆け的な単独行動とされるが、上野国の局地的な出来事では済まなくなった。十一月二十四日、激怒した秀吉は北条家を処罰するという朱印状を、小田原に送った。宣戦布告である。十二月上旬に予定されていたご隠居様の上洛は中止になった。紀伊守が期待を寄せていた和平に向けての貴重な機会は失われてしまった。皮肉なことに上洛の理由となっていた領地問題が、上洛を阻止し小田原合戦の引き金になった。

小田原の北条家も関東全域に対し動員令を発し、臨戦態勢に入った。

○古江の里・高瀬屋敷にて

天正十八年（一五九〇）一月十七日。佐野氏忠から佐野の家臣団に陣触れが発せられた。

高瀬紀伊守に届いた書状には、

『この度の上方よりの弓矢（戦）については、無二無三（ひたすら）防戦することになった。関八州の諸軍を集めるので、二十五日には在所を経つこと。兵糧は在陣の間は、小田原で渡すことになっている』

とあった。そして、紀伊守が引き連れてくる人数は六人で、騎馬一人、槍持ち一人、徒士《かち》四人と内訳まで指定されていた。

佐野家臣団は、小田原に参集する者と、唐沢山城を守る者に分けられ、それぞれの家に通達された。高瀬家は人質を出してなかったため、小田原に行くのは予想されたことだ。今後は紀伊守自身が、小田原城の兵であると同時に人質でもあった。

小田原へ出発する前夜。紀伊守は三人の息子を簡素な書院の間に集めた。

長男忠道、十九歳。二男忠光、十七歳。三男忠重、十三歳。

忠道は唐沢山城に籠城。忠光は免鳥城で佐野和泉の配下に。元服の済んでいない忠重は古江の屋敷にいて母を守る。三人の配所に関しては、紀伊守の方から唐沢山城代の大貫越中守に申し出て、そのまま許可されていた。

家の危機に際しては、一族の力を結集することが肝心だ。しかし、さらに大きな危機、すなわち全滅のおそれがある場合、一族を分散して誰かが生き残れるよう図ることもよくある。

　個人としての死はいとわないが、家としての存続を模索するのが武家の宿命ともいえる。あえて、敵と味方に分かれる場合もある。合戦に際しては、そのような例はいくらでもあった。

　紀伊守も家族の分散を行った。

　なお、父の満重は既に他界し、母は実家に留まり父の菩提を弔うとともに観音山を護っている。今、家族といえば古江屋敷の五人である。


「秀吉殿は城一つ丸ごと水の中に沈めてしまうような派手な戦をする。小田原が落ちれば、天下統一は完了する。それにふさわしい、天下を驚かせる破天荒な戦を考えていることだろう。小田原城がいかに巨大で強固であろうと、一呑みにしてしまう。小田原がわしの墓場になるやも知れん」

　今まで、紀伊守は戦を前に何も語ることはしなかった。黙々と戦に向かい、そして帰ってきた。だが、今度は違った。

「この度の戦、生きて帰ることは難しかろう。よって、今のうちに言い残しておく」

　これは遺言に違いない。息子達は姿勢を正した。

「わしも五十三。三人の男子に恵まれ、たとえ死すとも悔いはない。ただ、一つだけ心残りがある。ご先祖様のことだ。実は、高瀬家も母方の關根家も系図が失われてしまったのだ。わしが元服した頃には確かにあった。それを、むさぼり読んだ。やがて、亡き父が、両家のものをまとめて免鳥城に保管したというが、戦乱に巻き込まれ今は行方知れずになっている。免鳥城は一時敵の手に落ちたが、その前にどこぞに移されていたのか、敵に渡ったのか、燃えてしまったのか分からん。系図がないというのは、ご先祖様に対しても、子孫に対しても申し訳ない。そこで、自分の手で、隠居後にでも記憶をたよりに復元しようと考えていた。わしの強運も、そのために天が与えてくれたものではないかと思っていた。だが、今度の戦は分からん。そこで、お前達に託しておきたい。かつて、幾たびも語ったご先祖様のことを、今宵、できる限り記憶に忠実に、詳しく話しておく。わしに万一のことがあれば、お前達のうちの誰かが系図を復元して欲しい。いろいろな人物名が出てきて、しかも複雑にからんでいるので心して聞くように」

紀伊守が言うと、末っ子の忠重が「記憶力は父上譲りです。ご安心を」と胸を張って答えた。

父は微笑んだ。

○紀伊守の遺言・先祖の伝承

高瀬家の興り

「高瀬の家伝によると、元は信濃の武士だったが戦に敗れ、各地を転々としてこの佐野に流れ着いたという。高瀬家系図の最初に名前が記載されているのは、信濃国の守護、小笠原信濃守貞宗《さだむね》である。どのような方か分かるかな」

紀伊守は息子達に問いかけた。

「小笠原流の大成者です。その方がご先祖様なのですか」

長男忠道が興奮して言った。

「我が家の系図には、確かにそう記載されていた」

三人の顔を見回しながら紀伊守が答えた。

清和源氏の流れを組む信濃の小笠原氏は、代々弓術、馬術などの武技や礼法を伝承してきたが、七代目の貞宗が「小笠原流」として大成した。鎌倉幕府が滅びる二十年ほど前、後醍醐天皇に弓法の奥義を尋ねられた貞宗が、その秘術を披露した。天皇はあまりの見事さに感嘆し、「今後小笠原をもって日本の武士の定式となさるべし」とのお墨付きを下されたという。鎌倉幕府滅亡後の建武二年、小笠原貞宗は信濃国守護に任ぜられ、武者所に所属した。その後、弓馬術礼法をもって足利尊氏の師範を務めたともある。

小笠原貞宗は小笠原流の名とともに、武家の世界では知らぬ者がないほど有名である。

「すごいです。父上の乗馬は小笠原流だと皆が言ってましたが、やはり本当だったのですね」

三男忠重も興奮気味に言った。

「いや、あれは自己流だ。小笠原流は嫡男による一子相伝のため、一族の誰もが正式に受け継いでるわけではない。だが、我らの血筋の中に自然と受け継がれているはずだ。よって、自己流でもおのずと小笠原流に則《のっと》っているに違いない。いつも言っているように、精神を統一すればご先祖様の声が自然と聞こえてくるのと同様じゃ」

息子達の手前、紀伊守はやや苦しい言い訳をした。

「小笠原から高瀬になった経緯を教えて下さい」

二男忠光だった。紀伊守は一方的に話すのでなく、相手に興味をもたせ、質問させるように心がけている。その方が頭にずっと残るからだ。

「貞宗公から五代目、小笠原持長の二男・小笠原近江守宗則《むねのり》が、高瀬宗長《むねなが》と改姓し、高瀬家の祖となったという。系図では『鎌倉公方《くぼう》に召し出され、上野《こうずけ》国高瀬村に居住す。家名を高瀬と改』とある。高瀬の家名は居住地の高瀬村に由来する。鎌倉公方とは、高瀬宗長の没年が応永二十八年（一四二一）なので、四代目足利持氏《もちうじ》であろう。

二代目高瀬忠宗《ただむね》も上野国高瀬村に居住し、鎌倉公方持氏に仕えた。

三代目高瀬忠勝《ただかつ》は、高瀬村には城代をおき、下野《しもつけ》国佐野領古江《ふるえ》村に移り住み、古河《こが》に出仕したとある。下総国古河と佐野とは徒歩で一日とはかからないほどの距離である。古河に出仕とは鎌倉公方持氏の遺児成氏《しげうじ》が、その地に移り住んで古河公方となったためであろう。

小笠原家から分かれた高瀬家の初代から三代は、この足利持氏、成氏に仕えて戦い、信濃から上野、そして下野の佐野へと移ってきたことになる。系図には戦に敗れたことは記されていないが、鎌倉公方の持氏や成氏が幕府や関東管領上杉との度重なる戦に敗れ、古河に逃れたという事実と照らし合わせると納得できる」

「佐野に来たのは、古河に近いからですね」

すかさず三男忠重が自分の考えを述べた。

非常時は年長者への絶対服従を厳命している紀伊守だが、平時においては三人の兄弟を平等に扱っているので、末っ子が先駆けることがよくある。

「それもあるだろう。ところで、高瀬家二代目忠宗の母は西佐野家岩崎弾正の娘、妹は田沼頼母の妻と系図にある。田沼家はやはり佐野家の一族で、佐野領田沼村を領地としている。この縁から高瀬家三代目忠勝は、祖母の実家西佐野家と、叔母が嫁いだ田沼家がある佐野へ移ってきたのではないかと考える。高瀬家四代目忠重《ただしげ》、五代目重綱《しげつな》、六代目忠満《ただみつ》も、代々の古河公方に仕えた。佐野家は古河公方の有力武士団なので、佐野家家臣として古河公方に仕えたという方が正しいだろう。六代目の忠満が私の祖父で、お前達には曾祖父様《ひいじいさま》にあたる」

七代目高瀬伊豆守満重《みつしげ》については、お祖父様《じいさま》として子供達も知っている。佐野昌綱、宗綱の二当主に付き幾たびかの合戦に参加するとともに、出城である免鳥城主となった。

このようにして、高瀬家のご先祖様の系譜が伝えられた。

田沼家のこと

「西佐野家とは佐野和泉様のご実家ですね。でも、田沼という家は聞いたことがありませんが」

長男忠道が尋ねた。

「実は佐野領における田沼家は断絶してしまった。田沼村の西林《さいりん》寺が菩提寺である。私は田沼家のことを詳しく知りたくて、我が家との間に婚姻関係があったとご住職に話し、西林寺蔵の田沼家系図を見せてもらった。少し長くなるが、田沼家のことを話そう」

紀伊守は田沼家の由来や高瀬との関係を語った。

「田沼家の興りは古く、元仁《げんにん》元年（一二二四）、源頼朝の系統が三代で途絶え執権北条氏に実権が移った頃である。

佐野実綱の末子、九郎重綱《しげつな》が佐野領田沼村を分割相続し、田沼九郎重綱と名のり田沼家を興した。長兄が佐野家を相続し、他の兄達も分割相続した地名をとり戸奈良家、芝田家、戸室家、山越家などを興している。

田沼重綱と子の重村《しげむら》は鎌倉幕府の御家人として、鎌倉に居住した。

三代目重行《しげゆき》は当初鎌倉に住んだが、勅命で上野国世良田へ行き新田義貞に属し、建武二年（一三三五）越前で戦死した。勅命とは後醍醐天皇による鎌倉幕府討伐の命のことだろう。足利尊氏も新田義貞も勅命を大義名分に幕府から寝返り倒幕を果たすが、やがて両者は対立する。

四代目重信《しげのぶ》は、父が討死した時は十二歳だった。新田方の田沼家は『名を隠し千本《せんぼん》と改める』と系図にある。千本とは母方の実家の姓で、重信は浪人となり後に佐野家に仕えた。以後も田沼家の血筋は続くが、足利将軍家をはばかり、田沼本家の系統は千本姓を名乗った。

六代目千本重正の弟は田沼光房といった。分家は田沼姓のままだったようだ。そして、光房の一人娘と高瀬家五代目重綱が結婚し、長男高瀬忠満《ただみつ》、二男高瀬忠義、三男田沼忠高《ただたか》、女子（戸室伊賀守母）、女子（赤井山城守室）と多数の子に恵まれた。

三男の忠高は田沼姓だが、高瀬系図には『母は田沼光房の女《むすめ》。母方の姓を継ぎ田沼と改』とある。田沼光房には男子がなく、一人娘は高瀬へ嫁がせた。しかし、男子の孫が多数生まれた。本家筋の千本家は訳あって田沼姓を名乗れない。そこで、孫の一人に田沼姓を継がせたようだ。

忠高は田沼村のはずれの芝宮に住んだ。田沼姓を継いだとはいえ分家筋であり、本家も千本姓のまま世をはばかる状態だったので、不遇の時が続いたようだ。そこで佐野領を出て、一旗揚げようと考えた。ひそかに当地を去るにあたって、古江にある実家の高瀬屋敷に寄り、兄の忠満にあいさつをしていった。当時、子供だった私の父は、その時のことを話してくれた。

『私のような立場の者が下野の田舎にいても出世の見込はありません。これから全国を歩き、天下を狙う有力な大名に仕官して、立身出世を遂げようと思います』

田沼忠高は力強く決意を述べたが、追いつめられたような悲壮感があったという。

『田沼家は藤原氏ですが、高瀬家は源氏です。私が高瀬の生まれであることを示す意味で、これからは源氏に改めます。驚くほどの出世を遂げるまで佐野には戻らない覚悟です』

田沼忠高は一人で旅立って行ったが、再び佐野に戻ることはなかった。風の便りでは、現在、忠高の孫・田沼重次が、武蔵国忍《おし》城主成田家に仕えているらしい。

なお、田沼の本家筋である千本家は、後に田沼姓に戻ったが、佐野家と何らかの訳があり佐野領には住めなくなってしまった。後に藤岡に住んでいた田沼綱重が宗綱様の許しを得て帰参したが、須花坂の戦いで共に討死してしまい、再び断絶した」

血縁ある田沼家の末路を語る紀伊守は辛そうであった。

母方・關根家の護良親王子孫伝説

「關根《せきね》家は知っての通り、私の母親、お前達のお祖母様の実家である。北久保の観音山下にある關根屋敷で系図を見たが、そこには信じがたい話があった。夏だというのに、読んでいて鳥肌が立ってしまった。そのことを克明に覚えている」

紀伊守はそう切り出し、三人の関心を引いた。

「關根家は、藤原秀郷の子孫である渕名兼行八代の孫・關根三郎実久《さねひさ》より始まる。下野国小山領関根村に住んだ。母は、木村次郎左右衛門の娘。佐野家の礎を築いた佐野基綱《もとつな》には二人の弟がおり、阿曽《あそ》沼《ぬま》家と木村家を興した。關根家二代目長安《ながやす》は、木村家との縁により佐野領内に移ってきた。この關根長安の系図のところに、信じがたい話が記載されていた。

『元弘《げんこう》元年（一三三一）木村次郎左衛門家臣として、翌年新田義貞に従い宮方になり、關根彦四郎と改める。紀州高野山よりお伴して佐野領内阿蘇沼に宮を忍ばせる。お供の官女、南の局に付き添い鎌倉にお入りあり。この時長安は梅沢不馬山に引込み、一男彦十郎が南の局に付き、阿蘇沼に住す』

ここで、紀州高野山にいた宮とは、歴史的にみて後醍醐天皇の皇子護良《もりよし》親王と考えられる。身辺に仕えた官女・南の名前は、『太平記』などにも見られる。護良親王は一時、佐野領に忍んできた。そのことに、先祖の關根長安が関わっているというのだ。系図の記載は荒唐無稽と思えるようなものでも、どこかに真実の一端があるものだ。無下に否定してはならないと、常々思っていた私でもこれには驚いた」

子供達は身を乗り出して聞いていた。紀伊守はさらに続けた。

「土地の古老に聞くと、確かに護良親王子孫伝説なるものが、この地には伝わっているという。

後醍醐天皇からの倒幕の勅命がでると、幕府御家人だった足利尊氏、新田義貞らはそれに応じた。足利尊氏の本拠は佐野と隣接する足利の庄。新田義貞の本拠は、足利と隣接する上野の世良田の庄。そこで、佐野本家は足利に、阿蘇沼家、木村家、田沼家などは新田に属した。ところが後に、後醍醐天皇・新田義貞側と足利尊氏側が対立するようなった。

護良親王は武力で優勢な足利尊氏に対抗するため、奥州まで含めた東国の武士団を味方にしようと、大胆にも足利の喉元《のどもと》ともいえる佐野にきた。忍んだとされる阿曽沼とは阿蘇沼家の本拠で、地名、家名は当地にあった沼の名前に由来している。また、山間《やまあい》の山形村「御所《ごしょ》の入《いり》」にも忍んだという。

結局、護良親王は鎌倉の土牢で殺害されたが、お付きの南の局が首を奪い返し、阿蘇沼康綱、闕根刑部らに守られ佐野領阿蘇沼に帰り、領内に首を葬ったという。ここに闕根の名が出てくる。刑部とは、系図にある長安の息子彦十郎のことであろう。

やがて、南の局は当地の寺の草庵で男子を産んだ。護良親王の王子である。王子は成長すると出家したが、既に子供が誕生しており、その血筋を継ぐ子孫達は身分を隠し当地に住んでいるという」

＊

高瀬紀伊守は三人の息子達に、父方、母方の先祖や、関係する当地の諸家のことを話し終えた。しばらく静寂が続いた。

「お、畏れ多いことです」

長男忠道が遠慮がちに言った。

「何が畏れ多いのじゃ」

「小笠原貞宗公のことでも驚きでしたが、護良親王ともご縁があるということです」

生真面目な忠道は、護良親王子孫伝説に関わりがあると知って感動しているようだ。

「護良親王とはどのような御方か教えて下さい」

すかさず三男忠重が聞いてきた。

「護良親王は、先ほども述べたように後醍醐天皇の皇子であられる。皇族でありながら、自ら武器をとり鎌倉幕府と戦い続けた勇者だ。幕府滅亡後は望んで征夷大将軍になったが、これが武士の棟梁《とうりょう》を目指した足利尊氏との対立へとなっていった。護良親王は京で捕らえられ鎌倉へ送られた後、足利方に殺害された。我が国は南朝方、北朝方に分かれ戦乱の世になったが、もし護良親王が生きておられたら歴史は違っていただろう。それ程の信念をもった方だと私は思っている。親王は倒幕においては武人であったが武士ではない。武士の手に渡り、あたかも国の支配者のようになってしまった征夷大将軍という座を、皇室の下に戻そうとした。武士の力を抑えることで、この世から戦をなくそうという悲願をもっておられた。歴史家の端くれとして、私は護良親王をそうみている」

紀伊守の親王への思いは、子孫伝説を信じているものと子供達は思った。

「しかし、自家の系図と土地の伝承をもって子孫伝説を正しいと言えるのでしょうか」

いつも冷静に物事を見る二男の忠光が聞いてきた。

「もっともな疑問だ。護良親王だけでなく、悲劇的な最期を遂げた偉人には各地に子孫伝説が多数残されているが、立証することは難しい。かといって、完全に否定することもできない。だから、西野岩崎家が木曽義高子孫伝説を信じきっているように、家伝として尊重し畏れ敬っていけばよい。さらに大切なのは、偉大なるご先祖の悲願を伝えていき、いつの日にか実現することだと思う。そのためには、血脈を絶やしてはならない。戦国の世を生きていく上で、家族や同族の結束こそ貴重な財産である」

最後に紀伊守はこのように申し渡した。

道楽といいながらも憑かれたかのように一心不乱に調べてきたことが、一段落ついた。これが自分に与えられた宿命だったのではないかと紀伊守は思った。

系図復活の悲願は、今日の話と紀伊守が残した覚え書きをもとに、息子達かその子孫が引き継いでくれるだろう。

気が付けば「人間五十年」という区切りを三年越えている。この歳になっても、幾多の合戦を経験しても、戦に行くことは正直言って恐ろしい。しかし、これで家のことは思い残すことなく最後のご奉公に向かえる。紀伊守は心が急に軽くなったような気がした。

四章　小田原道中記

○奇妙な一行

関八州の小田原に通じる街道は、武装した武士達の群れがひっきりなしに通り過ぎている。中には、当主自らが何百という軍勢を率いて、整然と行軍していく姿があった。あるいは、騎馬武者が数騎から十騎くらいの単位に分かれ、断続的に走り抜けていくのも見られた。街道沿いの人々は、大きな戦が迫っていることを感じていた。

そのような行軍が続く中で、奇妙な一行があった。七人連れで騎馬が二人、徒歩が五人。二騎は肩を寄せ合うように併行し、徒士二人がそれぞれの馬の手綱をとり、他の三人は主人とおぼしき騎馬武者のすぐ横にぴたりと寄り添っている。

密集隊形をとり主人を守っているのかとも思えるが、緊張感がまったくない。後方からやってきた騎馬隊が、速度を落として追い抜きながら不思議そうに眺めていく。ある騎馬武者が馬の歩をゆるめ、会釈して近づいてきて様子を探った。

馬上の老武士が話をして、他の六人が聞き耳を立てている。断片的に聞こえてくる内容からすると、どうも軍物語《いくさばなし》のようだ。

このような非常時に何て悠長なことをしているのか。自分は殿の名代として小田原に先行している大家の重臣である。この馬鹿者を怒鳴りつけてやろうと騎馬武者は思ったが、相手の身分が分からない。関東中の大小名が集結中なので、どのような人物がいるか見当がつかない。六人の従者しか連れていないので大した者ではないと思えるが、この老武士には妙な気品がある。ひょっとすると、人質になるために別行動で向かっている名家のご隠居かもしれない。

騎馬武者は関わり合いを避けることにした。会釈して前方に抜けると、再び馬を全力で走らせた。

馬上で従者達に話をしている老武士は、高瀬紀伊守忠行であった。

「我らはこれから小田原方として働くことになる。しっかりご奉公するために、北条家の歴史を知っておかねばならぬ」

佐野を出発するとすぐに、紀伊守は話し始めた。

「遠慮せずに近う寄れ」

そう言わなくても、高瀬家の郎党は心得ていた。歩みに影響が出ない範囲で接近して、聞き耳を立てた。

普段は無駄話をしない紀伊守だが、必要となれば行軍中でも共に農作業をしている時でも、時間を惜しむかのように話し出すのであった。「話」とは、かつての道楽のお裾分け的なもので、郎党達も聞くのを楽しみにしている。

「佐野家の祖はどなたかな」

「田原藤太《とうた》秀郷こと藤原秀郷公でございます」

隣の三十代後半の騎馬武者が答えた。

「いつごろのお方か」

「鎌倉に幕府ができた時より、さらに二百年以上もさかのぼります」

「すると、今から何年前か」

「え……六百年以上です」

まるで学問所のようである。隣で答えているのは、紀伊守が免鳥城主になった時に配下になった山越村の川久保大和《かわくぼやまと》だ。最初はこのような主に戸惑ったが、今ではすっかり慣れて問答の呼吸も飲み込んでいる。

紀伊守は問答をしながら話題に入っていき、聞き手の興味が高まってきたら、やがて独壇場になっていくのが常だった。そろそろ本題に入るころだ。これで聞き役に撤することができると、川久保大和は思った。

「そう六百年。ところが、北条家はまだ五代目で、百年に過ぎない。六百年が百年に飲み込まれた。さらに北条家を脅かしている秀吉などは、足軽から身を立て一代で我国最大の大名になっている。これが乱世というものだ。由緒も大事だが、人は自分の代が勝負なのだ。時の勢いに乗れば、足軽でも天下人となる。今、対決しようとしている両者は共に勢いがあるが、秀吉が昼前の太陽なら、北条は昼過ぎの太陽といえよう。どちらも同じように輝いているが、これから後が違ってくる。それを知るため、初代の早雲から北条の歴史をみていこう」

普段の会話では誰にでも敬称をつける紀伊守だが、歴史や時評として扱う場合には敬称がなくなる。

どのような身分の人物でも紀伊守の「話」の中では、登場人物にすぎないようだ。そのことを自身で意識しているか分からないが、話に没頭する紀伊守が無我の境地にいるのは間違いない。

やがて一行は、合戦に駆り出されていくことも忘れ、話に夢中になっていった。

小田原の北条家は、早雲《そううん》、氏綱《うじつな》、氏康《うじやす》、氏政《うじまさ》、氏直《うじなお》と五代にわたって繁栄してきた。この北条五代記を紀伊守が全て語るとしたら、小田原までの道中どころか、京都まで行っても終わらないであろう。関連する系譜も、学者と対等に論じられる位の知識が頭の中に蓄積されている。

もっとも他家の系譜など、川久保大和くらいしか興味を示さないだろう。いや、圧倒的に不利な戦場に向かう道中では、大和でも細かな系譜など頭に入るはずはない。足軽達においてはなおさらである。ここは、勇ましい軍物語《いくさばなし》を盛り込み士気を高めつつ、北条家のことを知らせるのがよいだろうと紀伊守は考えた。

紀伊守の話が面白く分かり易いというのは、話す相手、場所、置かれている状況等を的確に判断して、内容を選択しているからである。

＊

まず初代の早雲だが、北条早雲とは後の呼び方だ。最初は、伊勢《いせ》新九郎盛時《もりとき》といった。伊勢という姓から、平清盛と同じ伊勢平氏の一族としているが、出自にも諸説ある。確かなのは、応仁元年、京都で大乱があったときには、京都に住んでおり、父親は室町の幕府に仕えていたこと。そして、東軍に加わり上洛していた駿河国守護・今川義忠《よしただ》に、北川殿という姉または妹が嫁いだことから、それなりの身分だったのは間違いない。

早雲も幕府に仕えたが、戦乱で京が荒れ幕府の権威も落ちてきたため、今川家との縁を頼り駿河国に流れてきた。早雲は幼くして家督相続した甥の龍王丸（今川氏親）を補佐した。やがて東方を攻略し、伊豆、相模を支配することになり、実質的に大名となった。しかし、幕府から正式に守護として任命されていない。後の戦国の世では珍しくない例だが、守護でない者が実力で大名になった最初が早雲だ。

特に小田原城攻めは圧巻である。かねてより小田原城主・大森藤頼《ふじより》とは昵懇にしていた。早雲は小田原に使者を送り「箱根で鹿狩りをするので領内に勢子を入れさせて欲しい」と伝えると、大森は快諾した。そこで数百人をより抜き、小田原の領内に入れた。

その夜、早雲側は千頭の牛の角に松明《たいまつ》を結い付け、箱根山、石垣山に駆け上がらせ、山々に大軍がいるように見せ、伏兵が鬨《とき》の声をあげて町に火を付けた。小田原城では数万の敵が来たと思い、大混乱に陥った。早雲が真っ先を進み戦う有様は、「颪が吹き起こるが如く」、攻める様子は「河を切って水がすさまじく流れる如く」だったという。

敵方は一度も反撃に転じることなく、城主を伴って落ち延びていった。早雲は謀略を用い、数百の兵で小田原城を奪ってしまった。この城が後に北条家の拠点となり、難攻不落の城と呼ばれるようになる。早雲は「子孫永代にわたり東国の主になる」という吉夢を見たという。

さて、時は流れ、今は東国の主となった北条家が秀吉から小田原城を守る立場に変わった。秀吉がどのような策を要してくるか興味深いことだ。

二代目氏綱のときに、伊勢から北条へ改姓した。これは鎌倉幕府執権として、実質的に幕府を支配した「北条」の姓を称することで、相模国や東国支配の正当性を主張する狙いがあった。

また居城を伊豆の韮山城から、相模の小田原城に移した。「小田原北条家」の呼称は氏綱の代にできたことになる。

領国支配において、氏綱は早雲以上に力を注いだ。検地を実施し、評定衆・奉行衆を設置して領民、家臣団の統制を行い、大名としての北条家の基礎を築いた。

伊豆、相模の領国統制を確立する一方、東国への勢力拡大を進めた。関東管領・扇谷上杉家の居城である武蔵国の江戸城や河越城を攻略し北条家の支配下においた。

さらに、娘の芳春院を四代目古河公方足利晴氏の正室にした。これで、氏綱は古河公方の義父となった。

二代目氏綱は武と共に巧みな政治《まつりごと》によって、早雲の夢を実現するため北条家をさらに発展させた。

三代目氏康は、両上杉家を退け、武田信玄、上杉謙信と渡り合い、関東制覇の礎を築いた。

氏康の名を一躍高めたのが「河越の夜戦」である。山内上杉と扇谷上杉の両上杉家は、長年対立関係にあったが、北条に対抗するため手を握ることになった。さらに、対立していた古河公方足利晴氏にまで連携を持ちかけた。

晴氏の妻は北条氏康の妹芳春院なので、どちらに付くか躊躇していたが、

「もともと上杉家は関東管領として、鎌倉公方足利家の家臣筋でした。この対北条連合軍の総大将は晴氏公になって頂きたい」

と、上杉は持ちかけ古河公方を抱き込んだ。

天文十五年（一五四六）、古河公方・上杉連合軍八万は、北条方に奪われた武蔵野国・河越城を包囲した。佐野家も古河公方の陣に加わり、紀伊守の祖父高瀬忠満、關根泰宗も参陣した。

河越城には北条綱成以下三千名が籠城していたが、長期間の包囲で兵糧も尽き落城寸前だった。そこを包囲する敵陣に対し、小田原から駆けつけた北条氏康軍八千が奇襲攻撃をかけた。夜間の不意をつかれ連合軍は大混乱になった。さらに河越城からも打って出て挟み撃ちにした。

このとき連合軍は、北条の総勢より多い一万三千人もの死傷者を出し、ちりぢりに逃げ去った。古河公方晴氏は氏康によって幽閉され、息子の義氏《よしうじ》が五代目古河公方になった。義氏は北条氏康の甥であり、古河公方は完全に北条家の中に取り込まれた。

上杉憲政は、上野国で抵抗したが、やがて越後の長尾景虎のもとに逃げ込み、関東管領の職と上杉の姓を丸ごと景虎に譲ってしまった。これで、長尾から改姓した上杉謙信が新関東管領になった。以後、関東管領を大義名分に、上杉謙信が関東に進出するようになった。

永禄四年（一五六一）、上杉謙信は十万の大軍で小田原城を攻撃した。数にものをいわせた力攻めで、城内の屋敷を焼き払いながら二の丸直前の蓮池門まで攻め込んだが、そこを突破することができなかった。戦いは膠着状態になり、兵糧補給の困難さと士気の低下により上杉勢は撤退せざるを得なかった。

永禄十二年（一五六九）、今度は武田信玄が二万五千の軍勢で攻撃してきた。上杉勢と同じ攻め口から城内に侵入したが、強固な守りにわずか三日で撤退していった。

上杉謙信、武田信玄を撃退したことで、小田原城は難攻不落だとの神話が生まれた。

なお、北条氏康は生涯において、自ら参加した戦では負けたことはなく、三十六回の勝利を収めた。顔に二つ、身体に七つの傷跡があるが、背面には傷を負ったことがなく、常に敵に立ち向かっていた証としての「向こう傷」を、北条では「氏康傷」と呼んで誇りにしたほどの勇将であった。

「文武を兼ね備えた名将で、仁徳があり、よく家法を発揚した。関東八ヶ国の兵乱を平定し北条の家名を高めた古今例のない名将」

と、称されている。


四代目が現在「ご隠居様」と呼ばれている氏政だ。二男だが、長男が早世したため家督を継いだ。さらに弟として、氏照《うじてる》、氏邦《うじくに》、氏規《うじのり》、氏忠《うじただ》、氏堯《うじたか》、氏秀《うじひで》らがいる。六男の氏忠が現在の佐野家当主である。

普通これだけ兄弟が多いと、仲違いや派閥争いが起こるものだが、この兄弟は仲違いすることなく関東各地の領地や城を分担して、父氏康の時よりさらに勢力範囲を広げている。

一族が崩壊するのは、猜疑心による場合が多い。源頼朝が典型的な例だ。自分の立場を守るため弟の範頼と義経、従兄弟の木曽義仲など、血縁の者を全て殺してしまった。そのため頼朝死後、源氏本流は弱体化し一気に滅んでしまった。

一方、氏政は兄弟ばかりか、一族、さらに極論すると他人を疑わない性格のようだ。また氏政は愛妻家としても有名だ。武田信玄の娘黄梅院を正室にしたのは政略結婚であったが、武田と対立し離縁せざるを得なくなったとき、本人は最後まで渋っていた。後に武田と和議が成立したとき、亡くなっていた黄梅院の遺骨を直ちに引き取り丁重に弔ったという。

家族や他人を信じるというのは、人としては美徳ではあるが、戦国大名としては軟弱とみられてしまう。さらに、初代から三代までがあまりに偉大で伝説化されているため、氏政の評判は芳しくない。

どこまで本当か分からないが、「汁かけ飯」の逸話が広まっている。

ある日、氏康と氏政が揃って食事をしていた。氏政は飯に汁をかけたが、足りないらしくもう一度かけた。それを見ていた氏康が、

「毎日食べる飯にかける汁も量《はか》れんとは、領国や家臣を推し量ることなどできる訳がない。北条家も終わりか」

と嘆いたという。

五代目氏直の母親は、武田信玄の娘黄梅院なので、信玄の孫でもある。そして、正室は徳川家康の二女督姫《とくひめ》。血統や姻戚からいって申し分ないが、虚弱な体質のため家督は譲られているが実権は依然父の氏政がもっている。

佐野勢は、この四代目、五代目の下で、小田原にて戦うことになる。一月十七日付の陣触れにあったように、小田原方ではすでに籠城と決めている。秀吉はまだ京を発っていない。相手の陣容も分か

らないうちに、守りに入っている。

初代早雲の夢は、東国すなわち関東の支配だった。関東制覇が北条家の夢なら、それはほぼ達成されており、あとは守るだけとなる。一方、秀吉の夢は、信長の「天下布武」を完成させることにある。まだ夢の途中だ。

関東を守ろうとする北条と、関東も飲み込み天下統一をめざす秀吉と、おのずと勢いの差が生じる。北条氏政・氏直がその違いを見誤らないことを願いたい。汁の量の見込違いのように、やり直しはきかないからな。

*

以上が、紀伊守の話した小田原北条家五代記の概要である。

最近では慣れてきたとはいえ、よくここまで知っているものだと川久保大和は感心した。極めて腕利きの忍びの者達を、現在だけでなく過去のあらゆる時に放ち、根こそぎ集めた上で整理しなければできないような話だ。しかも、北条家や秀吉殿をも超えた高所から、物事を見ている。

今回の道中話に限らずいつもそうなのだ。下野の田舎にいながら、なぜそのようなことが分かるのか。何度か問うたことがあるが、「道楽者の執念じゃ」との答えが返ってくるばかりだった。

自称一番弟子という佐野和泉に尋ねたこともあるが、「我ら凡人には計りしれません」とのことだった。とにかく不思議な方だと、川久保大和も思っている。

○水の城、石の城

途中で紀伊守一行は、武蔵国の忍城《おし》で一泊した。成田氏長の居城である。佐野家と成田家は何度か戦ったことがある。戦の後には和睦があり、人的交流が生じる。長い年月の間に、佐野家に縁のあった者が何人も成田家に仕官していた。

紀伊守の又従兄弟にあたる田沼重次《しげつぐ》も、成田家に仕官している一人である。重次の祖父・忠高は、紀伊守の祖父・高瀬忠満の弟で、母方の田沼姓を継いだ。田沼忠高が佐野を出たいきさつは、高瀬家の伝承で触れた通りである。

その後、田沼重次から、祖父の実家にあたる高瀬家に消息を知らせる便りが届いた。以後、紀伊守と田沼重次の間で、何度か近況を知らせる手紙のやり取りが行われていたが、直接会うのは今回が初めてだった。

忍城は沼の中に造られていた。ここは利根川と荒川に囲まれており、氾濫を繰り返すうちに沼地の多い地形になっていった。普通、城とは建物を作ってから、それを守るための堀割《ほりわり》を作っていくものだ。ところが、忍城の場合は堀割となる沼や池が先にあり、それに囲まれたわずかな陸地を埋め立て、本丸、二の丸、三の丸、武家屋敷などを作っていき、多数の橋でつないで城としての機能をもたせた。さらに堀は幅広い上に深く、一面に蓮が生息しているので舟は進まず、底を歩いても泳いでも渡れないようになっていた。

「忍城は沼の中を長年手をかけ築いた、他に二つとない名城である」と、『小田原北条記』には記載されている。

唐沢山城が山という要害に守られた「山の城」なら、忍城は水に守られた「水の城」あるいは「浮き城」となる。

成田家も北条家に服しており、小田原に向けての参陣と、敵の来襲に対する城の防備強化の両面での準備に追われ騒然としていた。

夕刻、まだ明るさが残っているころ、忍城の城門に紀伊守一行は到着した。

「我らは佐野家家臣高瀬紀伊守忠行の一行で、小田原参陣の途中です。主、紀伊守のご一族、田沼重次殿が当家におられるとのことで、出陣のご挨拶に伺いました」

馬から降りた川久保大和が門番の兵に伝えた。念のために大和は、佐野氏忠から下された陣触れの書を提示した。

「お待ち下さい」

門番の一人が城内に走っていった。

やがて、門番が一人の老人を伴ってきた。平服で、あたりの喧騒とは違った世界から出てきたような、物静かな人物だった。六十歳は越えているように見える。

馬から降り兜をとった紀伊守と老人は向かい合った。二人は無言で頭を下げた。

(似ている)

大和は思った。この老人が田沼重次だというのは、名乗らなくてもすぐに分かった。

「どうぞこちらへ」

重次は紀伊守一行を城内へ招き入れた。事前に手紙で来訪を知らせていたようだが、二人は何もかも承知しているかのように、無言で並んで歩いていた。大和と五人の郎党達は、その後に続いた。

あわただしく城内を行き交う人達も、田沼重次の姿を見ると歩を緩め、会釈をしていった。服装からすると重い役に就いている人物とは思えないが、何か特別な人徳を持っているようだった。

同じ造りの侍屋敷が立ち並んでいる所に来た。田沼重次はその中の一軒に、一行を招き入れた。土間の奥に、板敷きと畳敷きの二間があるだけの簡素な造りだった。重臣や上級家臣用の家でないことは一目で分かった。

「妻は先立ち、息子は他家に仕官し、一人暮らしです。狭いですが、皆様方全員が泊まれるだけの余裕はあります。冬の旅は難儀でしたでしょう。まずは具足をはずされ、ゆるりとなさって下さい。夕食は隣家にお願いしてありますので、直に届きます」

ようやく重次が口を開いた。穏やかな口調ながら、流れるような言葉には無駄がなく、自分の状況、来訪へのねぎらい、寝食への配慮などが一度でくみとれた。

単に無口なだけではなく、必要なことは的確に伝える。

(やはり似ている)と、大和はあらためて思った。

「この城の出来はいかがですか」

具足を解き、囲炉裏《いろり》端に対面して座ると、重次が聞いてきた。宿所を得るためだけに紀伊守が来訪したのではないことが、分かっているようだった。

「まさに水に守られた難攻不落の城です」

紀伊守が答えた。山と水。唐沢山城とは対照的な自然の要害を持つ忍城に紀伊守は興味をもち、いろいろと調べをつけていた。今日、実際に城を目にして、あらためてその感を強くした。

「難攻不落の城など、ありますかな」

「永遠とは言えませんが、戦も永遠には続きません。どこかで和議が成るものです。その間なら、絶対落ちないような城があるはずです。自然条件だけでなく、築城、備蓄、人、外交……あらゆる要素が必要になります。滅びることのない城を見つける。これが私の究極の道楽です」

紀伊守の言葉が熱を帯びてきた。道楽の最終目的を初めて口にした。寡黙なとき、頭の中ではそのことに思いをめぐらせていたのかもしれない。

今の紀伊守は自分の道楽に関して、「対等に議論できる相手に巡り会えた」という喜びに満ちあふれていた。

やがて隣家の妻女が夕食を運んできてくれた。紀伊守と重次は食べながらも議論を続けた。最初は興味を持って聞いていた大和も、さすがに呆れてしまった。

初対面なのに、これほど話に興じられるものなのか。不思議な方々だ。

徒歩の郎党達は、一日の疲労から眠りに就いていた。大和も横になったが、声を落とした二人の会話は続いていた。

翌朝、日の出と共に紀伊守一行は出発した。

小田原までの食料は持参していたので、途中で食べようと思っていたが、まだ暗いうちに隣家から朝粥《あさがゆ》が届けられた。恐縮した紀伊守が相当の金子《きんす》を渡そうとしたが、頑《かたく》なに受け取ろうとはしなかった。

(この城、人の和は大丈夫だ。内部から落ちることはないだろう)

と紀伊守は確信した。

「あと何日か後、城主成田氏長様が五百の精鋭を引き連れ小田原に向かわれます。城に残るのは三百人余。年寄りの私は残留ですが、これが最後のご奉公になるでしょう。父重高は、かつて上杉謙信が攻めてきた時に形勢不利な中、謙信が本陣をおく丸墓山の直前まで単騎で攻め込み、敵を次々と倒した後、地蔵堂前で討死しました。この見事な戦ぶりには、敵味方問わず賞賛の声が上がりました。父は他国者でありながら、成田家の菩提寺である龍淵寺に祀《まつ》られました。龍淵寺は佐野家の菩提寺である本光寺の本寺《ほんじ》ですので、このような名誉はありません。以後、田沼家は忍城で一目置かれるようになっています。父の姿は私の脳裏にしっかり焼き付いています。私も父に恥じぬよう心がけます」

城門まで歩いていく時、田沼重次は父の死などについて淡々と語った。次の戦が自分の最期と、覚悟を決めているようだ。

「それぇー」

突然、重次の感傷を吹き飛ばすような甲《かん》高い声が上がり、馬の蹄の音が響いてきた。忍城は通路が迷路状になっているが、すぐ後ろの横道から騎馬が飛びだし、一行のすぐ横を走り抜けていった。行く手にはちょど太陽が昇ってきたところで、走り去る騎馬と日輪が重なった。やがて馬が歩みを止め、引き返してくるのが分かった。

一行の目には太陽を背にした騎馬武者が、影絵のように映っていた。

「女……」

目が慣れてくると、相手の顔が分かった。武者だと思ったのは、まだ十代と思われる娘だった。紀伊守らは、その美貌に息をのんだ。大きな瞳が、小さな顔の上半分を独占するかのように輝いていた。その目尻はややつり上がり、気の強さを示している。小ぶりながら鼻筋は通り、膨らみのある唇は、開花直前の蕾《つぼみ》を思わせた。

これが噂の甲斐《かい》姫か。

城主成田氏長の一人娘である甲斐姫の美貌は、関八州に知れ渡っている。同時に、その男勝りの気の強さと、武術の腕前も評判となっていた。

「田沼の爺さんではないか。この者達は誰じゃ」

声は少女のように愛らしいのに、話しぶりはまさに男だった。

「私の縁者です。佐野家の家臣で小田原に向かうところ、拙宅に宿泊しました」

甲斐姫は無言で一行を見渡したが、紀伊守と目が合うと驚いたように会釈をした。

紀伊守も会釈を返したが、それが終わらぬうちに、甲斐姫の馬は走り出していた。大和や郎党達は、魂がぬけてしまったかのように、日輪の中で小さくなっていく影を見つめていた。

二日目の夕刻、紀伊守は江戸城を外から見学すると、近くの寺に入った。ここの住職も紀伊守の道楽仲間らしく、食事もそこそこに二人で盛んに議論している。話の様子から、紀伊守の興味は江戸城そのものでなく、江戸という土地についてらしいと、川久保大和にも分かった。江戸こそ新しい都にふさわしいと言っているのが聞こえた。

昨夜といい、今夜といい、子供のような無邪気さで、天下人のような難しい議論を楽しんでいる。よく紀伊守が言う「道楽者の執念」がこれだなと大和は思った。

さすがに寺だけあって、部屋には余裕があり、大和や郎党達は手足を十分に伸ばして眠ることができた。紀伊守と住職は、夜更けまで話し込んでいた。

三日目の午後、紀伊守一行は小田原城下に入った。急げば二日で済む行程に三日かかったのは、前述したように、紀伊守の小田原北条家五代についての道中話があったからだ。

小田原城は早雲が大森藤頼《ふじより》より奪い取ってから百年、五代にわたり拡張、整備してきた当時最大級の城だった。城郭の周囲は二里余に及び、城の建物や武家屋敷だけでなく、商家や農家までも城内に取り込み、ひとつの町になっている。田舎から来た紀伊守一行は、あまりの壮大さに息を飲んだ。

山や水といった自然の要害を利用したものでなく、平地に人間が築き上げたまさに「石の城」だ。難攻不落とは、この城のためにある言葉ではないかと思えた。

紀伊守一行は大手門で参陣の旨を告げ記帳したが、その場でしばらく待たされていた。

やがて中から佐野氏忠配下という若侍が現れた。

「殿は足柄《あしがら》城におられます。佐野から来た方達は、そちらに向かって下さい」

若侍は言葉こそ丁寧だったが、高圧的な態度だった。今では同じ佐野氏忠の家臣でも、小田原の直臣と佐野家の者では歴然たる差があることを思い知らされた。

紀伊守らは案内の足軽を一人与えられただけで、小田原城内に入ることなく足柄城へ向かわされた。

小田原城には、連日関東中から軍勢が集まってきていた。何百人と引き連れてきた当主かそれに準じる立場の者は、本丸で北条氏政、氏直親子と対面し、ねぎらいの言葉を受けた。紀伊守らのように少人数に分かれてやってきた者達は、目通りなどできず、名簿が提出されるだけだった。

「佐野家家臣　高瀬紀伊守忠行以下六名」

一月二十七日の名簿にはそう記されていたが、ざっと目を通した北条氏政、氏直の記憶に留まるようなものではなかった。

足柄山は坂田金時（金太郎）伝説などで有名な、南側が箱根山に連なる標高七五九メートルの山である。足柄城はそこにあった。

小田原方は箱根山に沿って四つの出城を配置していた。北から足柄城、山中城、韮山城、下田城となる。西から秀吉の軍勢が押し寄せてきた場合、小田原城の防衛線になるのがこれらの城だった。

足柄城に入ると、顔見知りの佐野家家臣が多数いた。当主がここにいるため、佐野の者達は家ごとに個別に集まり、この城で軍団として編成されているようだ。

紀伊守は佐野氏忠に到着の挨拶をした。氏忠は防備増強工事の指示で動き回っている最中で、両者は立ったままで挨拶を交わした。

（ちょっと年をくっているな。大した働きはできまい）

そう思ったくらいで、多忙な氏忠はすぐに場を離れた。

氏忠は唐沢山城での初対面の時、紀伊守に頭を下げたことを覚えていない。城内で感じた不思議な気配も、自分が疲れていたためだと思うことにしていた。しかし、それ以後、唐沢山城に行く気にはなれず、城代の大貫越中守に任せきりにしていた。

五章　小田原合戦・戦国の終焉

○開戦

天正十八年（一五九〇）三月一日。秀吉自らが率いた軍勢が京都を出発した。この時の秀吉の装束は、語るのも恥ずかしくなるほど異様できらびやかなものだったという。

各地の大名も次々と合流し、箱根に迫る頃には二十万の大軍になっていた。

北条方は、箱根の山に守られた西側の防衛戦に自信をもっていた。特に箱根山につくられた山中城は、当主北条氏直の又従兄弟の北条氏勝が五千の精鋭を率い守っている。

「小田原に来るどころか、いかなる大軍をもってしても、箱根の山はそう容易に突破できまい」

北条氏政は豪語していた。

ところが山中城は、秀吉の甥・羽柴秀次の率いる三万五千の大軍により、半日で陥落してしまった。韮山城へは信長の二男・織田信雄《のぶかつ》率いる三万が押し寄せたが、城の防備が堅いとみると、無理な攻撃はせず、包囲して孤立させた。西の防衛戦は一カ所を突破すれば目的は達するので、韮山城はあえて落とす必要がなかったようだ。

秀吉の本隊は山中城が落ちると同時に、そこから続々と箱根の山を越え、濁流のように小田原に向かった。

「信じられん」

防衛の中心となる山中城がいとも簡単に落とされたことを聞き、足柄城主佐野氏忠は呆然とした。いくら要害にあるといっても、この城を守っているのは数百人にすぎない。

足柄城へも徳川家康配下で「赤鬼」と怖れられている井伊直政の軍勢が目前に迫ってきた。万が一、山中城が落ちた場合は小田原城で籠城という方針が決められていたので、佐野氏忠は戦わずに小田原城に退去することにした。「万が一」が、わずか半日で起こるとは思いもよらなかった。

守備隊が抜け出した直後、足柄城に井伊直政の赤い軍団がなだれ込んだ。


「我々は何のために、足柄城の増強工事を毎日やってきたのでしょう」

小田原城に逃げ込み、一息いれると川久保大和は呆れたように言った。

「足柄山頂からの富士の眺めは天下一と言われるように見事だった。惜しいことをした。これからは、小田原城からの眺めをせいぜい楽しもう」

紀伊守は悠長なことを言っている。秀吉は小田原城を力攻めしたら、相当な犠牲がでることは分かっているはずだ。以後、持久戦になるだろうと紀伊守は考えていた。

秀吉の軍勢は小田原城を包囲した。相模湾は長曾我部元親、加藤嘉明らの水軍が封鎖し、さらに兵糧を満載した大小の輸送船が沖合まで連なっていた。

小田原城内にも五万を超える軍勢と、十分な兵糧が蓄えられている。籠城は既定の策であった。西側の防衛線があっさり突破されたときにはいささか動揺したが、小田原城の真骨頂は籠城戦にある。

「軍神と言われた上杉謙信も、武田信玄も、この小田原城を落とすことはできなかったではないか。それを秀吉ごときに、落とされてたまるか」

北条氏政は、まだ昔の夢を見ていた。

佐野氏忠は小田原城水之尾口の守りを担当している。足柄城では佐野勢が中心だったが、城内の守りでは諸家の兵達が大量に加えられ千七百名が氏忠配下になった。

高瀬紀伊守は守備にはつかず、建物内に留め置かれていた。もはや兵力ではなく、人質扱いとなったわけである。

高瀬家の川久保大和ら六人は水之尾口に回されることになった。紀伊守と別々になると言われたとき、五人の郎党は抵抗したという。

「参りました。郎党達が紀伊守様と一緒にいたいと言って、騒いでおります」

大和が紀伊守に報告に来た。

「わしの身を案じてのことか。心配には及ばんと言ってやりなさい」

「いえ。紀伊守様と別れると、強運から見放されると」

やや言いにくそうに大和が理由を説明した。

「わしの強運と……」

「はい。佐野での数々の戦でもそうだったように、足柄城から無事脱出できたのも紀伊守様の強運のお陰だと信じているようです。小田原城内で山中城の敗残兵から、秀吉軍の想像を絶する猛攻の様子を聞いて、あらためて自分達の幸運を痛感したというのです。高瀬の郎党だけでなく、他の佐野家の者達も、そう信じているようです」

あれは佐野氏忠の撤退の判断が適切だったからだと、紀伊守には分かっていた。そのことまで自分の強運に結びつけるとは。

「わしの強運は小田原城全体に及んでいる。城内で死ぬ者はないから安心して励むよう、皆に伝えなさい」

紀伊守は開き直り、自分の強運伝説を利用しようと考えた。戦場という極限状態においては、信じ切ることで思わぬ力を発揮する場合が多々ある。思い返してみれば、紀伊守自身がそうであった。

四月上旬に籠城してから三ヶ月間、両者は対峙したまま戦闘は行われなかった。

○天徳寺了伯と支城の戦い

天徳寺了伯は前佐野家当主・宗綱の叔父である。兄の昌綱（宗綱の父）が家督を継ぐときに起こったお家騒動に嫌気がさし、出家したとされる。宗綱急死を聞いたときには秀吉の元におり、槍の指南をしていた。

天徳寺は実家である佐野家の危機を心配して、秀吉に帰国できないか相談した。

「わしは間もなく東国も平定するつもりだ。佐野家のことは、それから何とでもなる。今はわしの元にいて力をかしてくれ」

東国に詳しい天徳寺を手元に置いておきたかった秀吉は、そう言って慰留した。

やがて、小田原攻めが決定すると、天徳寺に活躍の場が訪れた。天徳寺は関八州の詳細な絵図を作成して秀吉に提出し、東国への道案内に立った。

秀吉が関東の反北条勢力に小田原征伐の檄文を出したとき、そこには天徳寺了伯の名前も記載されていたという。太田道灌の曾孫にあたる片野城主太田三楽斎への文書には、「細部については天徳寺と石田三成に聞いてくれ」とある。

天徳寺了伯は客将であるが、小田原攻めにおいては秀吉腹心の石田三成と名が並ぶくらいに重用されたようだ。

直属の家臣をもたない天徳寺は、小田原攻めが決定した天正十七年十二月に、下野の佐野家旧家臣団に対し味方に付くよう文書を送った。年が明けた一月には、小田原の佐野氏忠からも陣触れの命令書が届いた。佐野家の家臣はどちらに付くか迷った者も多くいた。天徳寺日記には、旧家臣三百五十名の連判状が届けられたとある。

高瀬紀伊守は、佐野家とは血縁はないが現在の当主である氏忠に従った。

四月上旬、小田原包囲網が完成し持久戦になると、秀吉側は関東中の北条方の城を各個撃破する作戦にでた。それまで、独立した各大名家の城は、北条方となり小田原城が本城となった今、小田原を支える支城と呼ばれるようになっていた。

武蔵、上野国の支城は次々と陥落していった。

四月二十八日、天徳寺了伯は自ら千人を率い唐沢山城を攻めた。千という数は、他の城に向かった兵力に比べ一桁少ない。仮にも、上杉謙信や北条氏政らが何度攻めても落とせなかった唐沢山城に対しては、あまりにも少ない。

ところが、唐沢山城は一日で落ちた。落ちたというより、城代・大貫越中守が自害して終わってしまった。城は既に内部分裂しており、内から崩れた。その辺の事情を天徳寺は既に承知していたのかもしれない。

城内で孤立し追いつめられた大貫越中守は櫓の上に上がり、「これを見よ」と叫んで自分から首をかき落として死んだという。その一族も全て討たれた。

越中守の自害を聞いた天徳寺は「何も自害するまでのことはなかった。少々の罪は許したものを」と残念がったという。佐野家安泰のために北条の傘下に入るという道を選択したのは、あの時点では仕方ないことだと天徳寺は理解を示していたのかもしれない。

天徳寺了伯が唐沢山城に入ったと聞いて、浪人したり他所に隠れ住んでいた旧家臣達がお目見えを望み参集してきた。それらを「宗綱のとき同様、励むべし」と受け入れていった。佐野においては、新たな佐野家が生まれていた。

そのような展開は、小田原城に籠もる紀伊守や佐野から来た者達は知らなかった。

佐野落城の前日には、江戸城が落城している。以後も関八州の北条方の支城は、抵抗らしい抵抗もせず、次々と落ちていった。

その中にあって、猛烈な抵抗を続けている城があった。武蔵国の忍城である。

秀吉勢の大将は石田三成で、盟友の大谷吉継《おおたによしつぐ》、長束正家《なつかまさいえ》が付き、二万の大軍を引き連れてきた。三成が合戦の指揮をするのはこれが初めてであるが、側近として秀吉に付き添いその戦ぶりを常に見てきた。秀吉の戦術を全て心得た秀才である。

忍城は城主成田氏長が五百の精鋭を連れ小田原に行ってしまった。城代として氏長の叔父の成田泰季《やすすえ》が就いたが、合戦を前に病死し、誰が指揮をしているのかすら分からない。兵力は農民兵を加えても千人といったところである。

その様な忍城が落ちないのである。

関東の支城を落とした軍勢が次々と加勢に集まってきて、さらに大軍になった。天徳寺了伯も佐野勢を引き連れ参陣した。

天徳寺は「ねずみ色の頭巾をかぶり、鎧の上に紫の衣を着、左手に水晶の数珠、右手に珊瑚の如意を持って指揮した」と『田沼町史』には記されている。

そして、佐野勢が最前線に出たとき、立ちはだかったのが甲斐姫だった。生け捕りにしようとした佐野の武者達は、たちまち姫に射《い》殺されたともある。

佐野家の家臣団は二つに分かれ、片方は北条方に付き小田原城に籠もり、片方は秀吉方の天徳寺了伯に率いられ忍城攻撃に参加するという状態にあった。

○人質の運命

「忍城、いまだ落ちず」

この報が何度か届くたびに、小田原城内は沸き立った。唯一の朗報である。

北条氏政、氏直は当初、忍城主成田氏長を疑っていた。成田家は長年北条家と争い、和睦し、裏切って戦い、また和睦するということを繰り返していた。今回も形勢次第で裏切る可能性があった。既に秀吉側と内通しているとの噂も立っていた。ところが、忍城の奮戦である。成田氏長は北条氏政、氏直からの称賛の言葉を、複雑な気持で聞いていた。

忍城が頑強に抵抗するほど、あっさり落ちてしまった城主達は肩身が狭くなった。その筆頭が佐野・唐沢山城である。かつて北条氏政自身、何度も攻めたが落とせなかった苦い経験があった。だからこそ、味方になったことで大きな期待を抱いていた。それが一日で落ちるとは、最初から戦う気などなかったのだ。しかも、その後は敵方に付いて、忍城攻撃に加わっているという。

「佐野は何をやっておるのじゃ。本来なら当主には責任をとらせるところだぞ」

北条氏政は弟の佐野氏忠を責めた。

「人質はこのままという訳にはいきませんね」

北条氏直も言ってきた。

天徳寺了伯が佐野勢を率いて忍城に現れ、しかも最前線で戦っているとの報が入った後、佐野からの人質達は監禁状態になった。重臣の高瀬紀伊守は一人だけ別にされ、本丸で厳重な警戒の元に置かれている。

「仮にも自分は、この者達の主である」

人質をどうしたらよいか、佐野氏忠は悩んでいた。

高瀬紀伊守は本丸地下に臨時に作られた座敷牢にいた。三方が板で囲まれ、正面は格子戸になっており、五、六人の番兵が付いている。

紀伊守は正座し、じっと何かを考えているようであった。それを見ていると番兵達は、不思議な気分になった。身分は知らされてないが、囚人はきっと高貴な方に違いないと推測した。そして、この人物なら外で起こっていることの推移を何でも見通しているように思えた。

「この城は大丈夫でしょうか」

番兵は恐る恐る声をかけた。交代で本丸から出ると、山の上に陣取る秀吉の大軍が目に入った。それですらほんの一部で、城の周りは敵で埋め尽くされているという。日々不安が増す中、つい牢内の不思議な人物に聞いてみたくなった。

「本格的な戦にはならないでしょう。どちらも和議のきっかけを模索しているところだと思います」

紀伊守は自分の見込を分かり易く説明した。

それから、番兵達は紀伊守から様々な話を聞くことが日課になった。特に東国での軍《いくさ》物語が多かった。ここでも道楽のお裾分けである。牢の番は二交代制をとっていたが、それぞれ時間を決めて講話が行われた。

その時、番兵達は格子戸の前に正座して紀伊守の話を聞いた。そして、交代で城の者がこの場に入ってくるのを見張った。

紀伊守は無性に書き物をしたくなった。それを話すと番兵達が便宜を図ってくれた。紙と硯、筆が運び込まれ、灯りは地下の燭台が格子戸の前に集められた。机は食事用の小さな物が牢内にあった。牢内が学問所となった。紀伊守は定期的に講話を行い、それ以外の時は瞑想し、思いつくたびに何か紙に書き込んでいた。合戦の最中とは思えないほど奇妙な光景だった。

七月に入った。梅雨が明け、暑さが増してきた。

地下牢には毎朝、佐野氏忠の直臣一人が様子を見に来ていた。それは短時間で形式的なものだったので、しだいに気にならなくなっていた。

ところが、その日は違っていた。十数名の者が甲冑の擦れ合う音を響かせてやってきた。先頭には佐野氏忠自身がいた。

「唐沢の佐野勢が裏切った。気の毒だが人質には責任をとって死んでもらう」

氏忠は興奮気味に早口で伝えた。紀伊守は既に分かっていたかの様にゆっくりと頷いた。

「して、佐野家当主のあなた様は」

紀伊守が問いかけた。穏やかな口調ながら、地の底から響いてくるような凄みがあった。一見しただけでは凡庸とした感じの紀伊守だが、この一言には抜き身の真剣を思わせる鋭さがあった。

氏忠は自分の喉元に刃《やいば》を突きつけられたような恐怖を感じた。

紀伊守は氏忠が連れてきた武者達に牢から引き出され、縄をかけられて連れていかれた。

「あの方にどんな罪があるというのだ」

慣れ親しんだ番兵達は、複雑な思いで見送った。

大手口の広場に三十四本の磔《はりつけ》用の柱が立てられていた。高瀬紀伊守をはじめ、佐野から連れてこられた人質達が縛り付けられている。女、子供、老人ばかりである。

水之尾口の守りに付いている佐野の兵には、そのことは知らされてなかったが、万一に備えて厳重な監視の下にあった。

人質の処刑は、敵方に対する見せしめである。秀吉側についた天徳寺と佐野家旧臣が直接の対象だが、現在、秀吉側の陣地に帰ってきているかは分からない。

むしろ、この処刑は城内にいる関東の諸家に対する牽制の意味が強い。どの家も人質を出しており、城内にいる当主自身も人質であった。当主達は広場に集まり、処刑を見届けるよう命令を受けている。明日は我が身と思うと、首筋に冷たいものを感じた。

小田原城ではずっとにらみ合いが続き、厭戦《えんせん》気分が出てきている。ここらで、気持を引き締めなければならないと北条氏政、氏直は考えた。

「わし自身で処刑を見届ける」

小田原城主北条氏直も刑場に来ている。執行責任者は佐野氏忠である。

兵の持つ長槍の刃先は、すでに人質達の喉元に付けられていた。通常はこの状態で、子供や女達は泣き叫ぶものである。ところが、誰一人として泣く者はなく、毅然としている。

(何故だ。佐野の者達は、何故こんなに心静かに処刑に臨めるのだ)

佐野氏忠は不思議だった。そして、先ほどの「して、佐野家当主のあなた様は」との紀伊守の言葉が、喉元に突きつけられていた。

「な、何か……言い残すことはないか」

中央の柱に縛り付けられている紀伊守を見上げて、氏忠は聞いた。まるで助けを求めているかのようだった。紀伊守は無言のまま、憐れみの表情で氏忠を見ている。

夏の太陽を浴びながら、氏忠の背筋には氷のように冷たい汗が伝わっていた。


「待った。その処刑、止《や》めよ」

突然大きな声がして、誰かが刑場に転がるように走り込んできた。北条氏政だった。

氏政は息を切らし、よろけながら佐野氏忠の横へやってきた。

「た、高瀬紀伊守殿か」

磔柱を見上げて、氏政は絞り出すような声で聞いた。紀伊守は頷いた。

北条氏政はその場に崩れるように座り込み、深々と頭を下げた。周囲の者は、それを氏政が走ってきた疲労から屈《かが》んだものだと思った。

その時、佐野氏忠は突然に、かつて唐沢山城を訪れた際、高瀬紀伊守から受けた不思議な気配を思い出した。

○小田原落城
終幕は突然だった。

七月六日。城主北条氏直が自ら秀吉の陣を訪れ、自分の命と引換に小田原城内の者達の助命を願い出た。

秀吉は小田原城の無血開城を受け入れると共に、氏直の覚悟を殊勝なりと誉め、その命も助けることにした。氏直が徳川家康の娘婿であったことも考慮したようだ。秀吉の頭の中は、戦後処理として、家康との駆け引きの思案が渦巻いていた。

ただ、氏直の代わりに小田原方の責任者として、前城主の北条氏政と弟の氏照に切腹が申し渡された。氏政が実権を握っていたのは周知のことだった。

「関八州の大軍を小田原に集めておきながら、一戦もすることなく落城するとは情けない」

「やはり、四代目は虚《うつ》けだったか」

人々は噂した。

実はそれまでも北条一門の何人かが、独自に水面下で和平交渉を進めてきた。たとえ領地は小さくなっても、北条家が大名として存続できる道を求めてであった。それを氏政は、「関東の覇者として面目が立たない」と拒否していた。

ところが、氏政が突然変わった。

息子の氏直を秀吉の元に行かせ、自ら切腹を申し出させたのも、氏政の指示だったようだ。そうすれば、逆に氏直は助命される。領地のほとんどを失っても、血筋的には北条家が存続できる。その代わり、実質的な責任者だったにもかかわらず、息子を差し出した氏政の方が死罪になることも覚悟の上だったようだ。

小田原城に秀吉勢が入城した。北条氏政と氏照は城下の医師・田村安清《あんせい》の家に移された。

二人は沐浴《もくよく》し、辞世の句を詠んだ。

まず、北条氏照が切腹した。それを見届け、氏政が腹を切り、弟の北条氏邦が介錯した。北条氏政は五十三年間の生涯を閉じた。

我が身いま　消ゆとやいかに　思うべき　空より来たり　空に帰れば

左京大夫氏政

（『関八州古戦録』より）

最後に北条氏政は己が犠牲になることで、北条側に付いた諸家の将兵と、北条一門の命を救った。それればかりか、戦を回避することで、秀吉側の将兵の命をも救った。何故、そのような心境になったのかは分からない。

辞世の句にあった、氏政が帰っていこうとした「空」とは、どこだったのだろうか。

北条氏直は助命されたものの、関東の領地は全て没収の上、高野山へ追放との命が秀吉から出た。ただ、いずれ大名として復活させるという約束があったとされる。

七月二十日。氏直は北条一門三十余名と従者三百名を連れて、紀伊国高野山に向かった。その中に佐野氏忠もいた。八月二日付の文書には北条氏忠との署名があることから、このときには佐野家当主の座から降りていることが分かる。

佐野改め北条姓に戻った氏忠から没収した佐野領は、小田原合戦の戦功として、秀吉から天徳寺了伯に与えられた。

天徳寺は佐野房綱《ふさつな》と名を改め、佐野の家督を継いだ。これに反対する家臣はいなかった。北条支配下の時に浪人した者、やむを得ず小田原に入城して秀吉に敵対した者、それらを房綱はすべて許し、家臣として受け入れた。

佐野家が復活した。

小田原合戦中、奥州の覇者・伊達政宗も秀吉に恭順を申し出ていた。小田原落城をもって、歴史区分における戦国時代は終わりを告げた。

豊臣秀吉による天下統一が完了した。

六章　高瀬紀伊守の決断

○再会

小田原落城の直前、水之尾口を守る佐野の兵達に、人質全員が磔の刑に処されたらしいとの噂が入ってきた。ここ数日、自分達も見張られているような気がしている。その緊迫感から、処刑について他の兵に聞くことすらできなかった。

やがて、突然、開城の知らせが入った。水之尾口の守将である佐野氏忠は姿を見せず、代理の者から通達があった。

「上方《かみがた》勢と和睦することになった。城は明け渡すので、おのおの方は自分の判断で離散し、身命を全うするように」

それを聞いて誰もが、一瞬、どうすべきか理解するのに戸惑った。やがて、敵方が入城してくるらしいと察し、大混乱になった。

城中に騒動が広がっていた。全ての城門が一斉に開かれると、水が流れ出るように城内に籠もっていた者達が飛び出していった。中には主人を守り隊列を組んで撤収していこうとする行列もあったが、濁流のような人の群れに巻き込まれてしまった。

川久保大和をはじめとする高瀬の郎党達は、処刑があったとされる広場に行ってみた。確かに三十数本の礫用の柱が立っている。しかし、血の流れた跡はない。生きているかもしれない。大和らは必死になって城内を探し回った。

やがて、侍屋敷に監禁されていた人質達を発見した。しかし、高瀬紀伊守の姿だけはなかった。人質だった者に事情を聞くと、処刑は直前で突然中止になり、元のように監禁されていたという。紀伊守だけは北条氏政に連れていかれたようで、その後のことは誰も知らなかった。

川久保大和と五人の郎等は、城が空になるまで紀伊守を探し回ったが、どこにも見当たらなかった。身分の高そうな武将を見つけては訪ねてみたが、知っている者はいなかった。

大和はあきらめて、人質らを伴い佐野に戻り、紀伊守の奥方と三人の子息に事情を説明した。

人質が処刑されたという噂は、先に帰国した佐野の兵によって広まっていた。それが誤報だったのは後に明らかになったが、一部では戦国哀話として残ってしまった。

高瀬紀伊守がふらりと古江の屋敷に戻ってきたのは、約半年後の年の暮れだった。高野山に追放になった北条家の従者の中にまぎれ込み、送り届けてきたという。

「これが最後のご奉公だと思ってな。それに、何故か高野山へも行ってみたかった」

紀伊守は淡々と話した。さらに、京都や大坂《おおさか》も見物してきたという。

「秀吉殿の大坂城は、小田原城をはるかに凌ぐ規模だった。それでも、難攻不落という言葉は思い浮かばなかった」

小田原城のあっけない最後を見た者なら、城というものが外形だけでないことが分かっていた。紀伊守は、難攻不落の城などないとの結論に達したのだろうか。

紀伊守は自分が小田原で処刑を免れたいきさつに触れることはなかった。前以上に寡黙になり、何かを必死に思索しているようだった。


一月に入ると雪の降る日が続いた。

高瀬屋敷に珍しい客が尋ねてきた。田沼重次である。一年ぶりの再会だった。忍城で会ったときは、お互いに最期の覚悟をしていただけに、再び生きて会えたことを喜び合った。紀伊守も久しぶりに饒舌になった。

「忍城ではとてつもない激戦だったと聞きますが、ご無事で何よりでした」

「紀伊守殿こそ、処刑されたとの噂があったので心配しましたぞ。だが、生きておられる。やはり不死身でしたな」

そこで、お互いの戦《いくさ》秘話を披露し合うことになった。高瀬家の三人の子息も同席した。

まずは、田沼重次の忍城の攻防戦だった。

武蔵の小城で、小田原合戦最大の激戦が行われたことは有名で、小田原方支城で唯一抵抗を続けた忍城の奇跡は伝説になりつつあった。その戦いに参加した当事者から、直接様子を聞けるのだ。

一同、固唾をのんで田沼重次を見つめた。

○忍城の奇跡

「まことに奇妙な戦だった。何故、落ちなかったのか今でも不思議じゃ」

田沼重次が語りはじめた。内容は次のようなものだった。

城主の成田氏長が五百の精鋭を小田原に連れていったため、城に残った家臣の数はせいぜい三百といったところである。しかも、重次のような老兵多数も、その人数に入っている。ここに城内に避難した農民の中から、臨時の兵を徴集しても、千人程度の兵力にしかならない。

対する秀吉方は、石田三成を大将とする正規兵が二万人。さらに、関東各地の支城を落とした名のある武将が次々と加勢にきて、勢力は最終的には倍になっていた。兵の量、質、実戦経験からして、秀吉方は圧倒していた。

では、忍城側の大将の能力が石田三成を上回っていたのだろうか。

当初、城代になった成田泰季《やすすえ》は前城主成田長泰《ながやす》の弟で、猛将として知られていた。むしろ泰季の方が兄より成田家当主にふさわしいと言われたくらいだ。しかし、既に七十を超える高齢で、戦の直前に病死してしまった。忍城として唯一の頼りは、成田泰季の老練さだったが、それが失われてしまった。

急きょ城代になったのが泰季の息子の成田長親《ながちか》だった。長親は身体こそ大柄だが、父と正反対のおっとりとした性格で、四十歳過ぎても合戦に出た経験はほとんどなかった。人柄は慕われていたが、武将としては全く評価外であった。

その長親が圧倒的に劣勢な忍城の指揮をとることになる。血筋からすれば、それしかなかった。血筋と言えば、当主成田氏長の一人娘甲斐姫がいたが、残った重臣達はあえてその名を挙げなかった。女性だからではない。指揮をとらせたら、あまりに激しい気性から最後の一人が死に絶えるまで戦い抜くことが目に見えていたからである。

忍城へ敵がやってきたのは六月で、他の支城に比べると遅かった。武蔵には江戸城をはじめ有力な城が多数あったので、そちらが優先されたからだ。すでに多くの城が落ちている以上、小さな忍城が落ちても当然であった。当主の氏長も小田原へ発つ前に、城を守る重臣に適当なところで和議を結ぶよう内々の指示を出していたらしい。

唯一の難題が、主戦派の城代成田泰季で、当主の氏長もこの頑固な叔父には頭が上がらなかった。だが、泰季が急死したことで、早期降伏が可能になった。その意味では凡庸な長親が城代になることは適任であった。

ところが、新城代の成田長親は亡父と同じく徹底抗戦を主張した。八つの守り口を、重臣や主な武将に分担させ、それぞれに責任をもって守らせた。自分は一切細かいことには口を出さないから、各自で工夫して戦うようにと告げた。その代わり、最後は自分が責任をとって腹を切るという。どの守り口にも配置された兵は百人足らずだった。他に、劣勢になった口を応援するための予備隊があった。田沼重次は予備隊に入れられたが、あまり戦力になりそうもない老兵の受け皿なのは一目瞭然だった。

対する石田三成勢は、各守り口に五千人前後の兵を投入してきた。約五十倍の兵力差である。ところが、六月という季節が忍城に幸いした。城自体は水に守られた要塞になっていたが、さらに今では周囲の田圃も防壁になっていた。合戦が近いため田植えこそしてなかったが、梅雨のために田は泥沼となっており、細いあぜ道を通らなければ守り口に来られなかった。そのため、いくら大軍を投入しても、一度に進める兵の数は限られ、戦闘地では互角の兵力となった。

田圃に入って一斉攻撃をかけてきたこともあったが、泥沼に足をとられ身動きできないところを、鉄砲でねらい打ちされた。あわてて逃げようとして転び、同じく逃げ出した味方に踏まれて溺死する者まで出てきた。

予想外の展開になってきた。石田三成は敵の詳細な戦法を分析しようとしたが、各所から入ってくる情報があまりにも違いすぎた。忍城側には統一した戦法などなかった。各指揮官が状況に応じ、臨機応変に対応していたため、まちまちの戦い方になっていた。それが、秀才の石田三成の頭脳を狂わせたようだ。

それでも、力攻めを続けていれば、やがて圧倒的な戦力の差から崩すことができたはずだ。ところが、三成は別の戦法に変えた。

兵を城の周囲から引き揚げさせ、付近の農民を大量に雇い、城の周囲に堤を作り始めたのだ。秀吉が備中高松城で用いた水攻めを行うつもりだ。

あの時、三成も秀吉の側にいた。今まで攻めあぐんでいた敵の城が、天守閣だけ残して人口の湖の中に沈んでいた。敵は城主の切腹をもって城内の全員を助命するという条件をのみ降伏した。味方には損害がない。あんなに見事な戦があっただろうか。

忍城が水に守られた要塞なら、逆に水によって滅ぼしてやろう。そう三成は考えた。高松城の堤防の長さはは三里半だったが、ここは関東の平野部の真ん中なので倍の七里にもなる。殿下を越えたと、三成は得意になっていた。

堤が完成すると、利根川、荒川の堤が切られた。流れ出た水は堤防の内側に満ちた。城の周囲の田は人工湖の底に沈み、本丸、二の丸、三の丸などの建物とわずかな陸地が水面上に出ているだけであった。

石田勢から歓声があがった。これで、忍城側に大打撃を与えたと思ったのだろうが、城内は冷静だった。実は、この辺りはしばしば洪水が起こる土地で、洪水から兵糧や人を守る手段は講じられていた。この地の民は何度も洪水に打ちのめされたが、その度にさらに強くなって甦ってきた。だから、水に浸かる恐怖に打ち勝つ勇気を持っている。

さらに、天災でなく人の手によって水の底に沈められたことに対し、忍城の兵達、特に農民兵は怒りに燃えた。長引く戦で低下していた士気が一気に盛り上がった。

そのことに石田三成は気づかなかったようだ。

突然、堤防の一部が決壊して水が外へ流れ出た。深夜のことだった。石田方の陣地は濁流にのまれ大混乱になった。三成は丸墓山という小高い所に本陣を置いていたために助かったが、空前の作戦が失敗した衝撃は大きかった。

なぜ堤防が崩れたのかは分からない。忍城側から決死隊が夜中に堤防まで泳いでいき、堤を切ったとの噂がある。また、堤の外側から、忍城に味方する誰かが切ったのではないかとも言われている。あるいは、大急ぎで工事したため、手抜きの部分があり、水圧に耐えられなかったのだろうという者もいる。

だが、これは水を甘く見た報いではないだろうか。忍という地域は湿地帯で、水に悩まされると共に、水の恵みを受けてきた。築城においても水を利用しているが、水を怖れ敬い、できる限り自然に逆らわないようにしてきた。

それを石田三成は、自然の流れを無理やり変え、人殺しに利用しようとした。まさに天をも怖れぬ所行だ。どこかに無理が生じてくる。

三成が手本とした高松城の水攻めだってそうだ。秀吉は水を命と同じように大切にした農民の心を、もはや失っている。今までは幸運に恵まれ、頂点に達しようとしているが、いずれ大きな反動が来るだろう。

やがて、他の城を落とした淺野長政、真田昌幸、本多忠勝など、名だたる武将が加勢に来た。秀吉の縁者にあたる淺野長政などは、大将の石田三成の失態を遠慮なく責めた。

面目を失った三成は、さらに増えた軍勢による力攻めを再開した。各守り口には次々と新たな兵が投入され、戦いは激しさを増した。

忍城方には援軍がない。徐々に兵の数が減り、同じ者達が戦い続けているので体力の消耗も激しい。

各守り口は城門の外側に陣地を作り、敵を防いでいた。そこを突破されそうになると門の中に撤退し、固く城門を閉じた。すると門の上に身を隠していた兵が、鉄砲や弓で近づく敵をねらい打ちして城門の突破を防いだ。

城代の成田長親は三階楼から様子を見ていて、危うくなった所に予備隊の投入を指示した。門の中に撤退して休息した兵に予備隊が加わると、一気に打って出て守り口の陣地を奪回した。このような戦いが繰り返され、予備隊の田沼重次も各所で戦った。

しかし、予備隊は老兵が多く、消耗が激しかった。討死する者、負傷する者、過労から病気になる者が急激に増え、戦力とは呼べなくなっていた。

その崩壊しかけた予備隊に助っ人が現れた。十八歳の甲斐姫だった。姫は男装で、鮮やかな緋《ひ》色の陣羽織を着て長刀を携え、白馬にまたがっていた。

「われに続け」

姫の愛馬が疾走する後を、老兵達は必死に追った。

城門が開き、白馬にまたがった美貌の姫が現れたのを見て、敵方はあっけにとられた。その中に騎馬が突入し、長刀を一閃するたびに首が飛び散った。老兵達は姫を守ろうと周囲を取り巻こうとするが、姫の動きは早く、すぐに居場所が代わった。それでも、敵陣深く行こうとする姫を必死に止め、城内に連れ戻した。

その後も甲斐姫は城代の言うことなど一切聞かず、形勢不利になった守り口があると、駆けつけ一暴れするようになった。美貌の姫と、それに従う老兵の群れは、忍城攻防戦の名物となった。後世の語り草になるだろうと誰しもが思った。

忍城の守備も姫の出現で、とたん勢いづいた。最後の力を振りしぼって、毎日ぎりぎりの線で踏みとどまっているうちに、小田原にいる当主から使者が来た。

「小田原城が落ち和議が成立したので、忍城も戦いを止めよ」との知らせだった。

城は石田三成に引き渡すことになったが、落城したわけではない。小田原で勝負が決したことで、忍城の攻防戦が終了したのだ。

最後まで持ちこたえた城兵は歓声を上げた。

反対に城を受け取りにきた石田三成勢の顔色は冴えなかった。

「あのような小城が、何故落ちなかったのか今でも不思議じゃ」

と、田沼重次は繰り返した。現場にいても分からないことはあるものだ。

ただ、後に一つだけ明らかになったことがあった。

忍城には東国随一の美貌の姫がいると知った秀吉から、「側室にするので絶対に死なせてはならない」との特命が、腹心の石田三成に対して開戦前に下っていたという。

だから、姫が出陣しても生け捕りにしようとする者はいたが、本気で攻撃することはなかった。重次らの老兵も甲斐姫を守ろうと、側にぴったりと付いていたため狙われなかったらしい。

「あの時は自分は不死身かと思ったが、実はそんな裏話があったとは知らなかった」

最後に大笑いをして、重次は話を締めくくった。

○紀伊守の秘密

「実は、わしの不死身伝説にも裏話がある」

次いで紀伊守が、人質として幽閉されてからのことを語った。

＊

地下牢にいるとき、紀伊守は番兵に講話をするとともに、自らは物語を執筆して精神力を保とうとしていた。内容は小田原に来る前に息子達に話した先祖の話の中から、「信じがたい話」を寄せ集め、一連の因縁を描いた夢物語だった。

若い番兵の中に、書き物にも興味を示す者がいた。紀伊守はその時書いている部分を、かいつまんで分かり易く話してやった。

「へぇー。紀伊守様のご先祖は、そんなに高貴な方だったのですか」

荒唐無稽な話に番兵は感心した。

「あくまでも、わしの夢物語じゃ」

そう言いながらも、物語を信じて喜んでくれる者がいることに悪い気がしなかった。勝手気ままに筆を走らせることができるのなら、牢獄も悪くはないと思った。

物語が一応書き上がり推敲に入ろうとしたとき、紀伊守は佐野氏忠に牢から引き出され、刑場に連れていかれたのだ。

刑の直前、北条氏政が飛び込んできた。氏政は「刑の執行を一時見合わせよ」と告げると、至急紀伊守を柱から下ろすよう命じた。

「少々お尋ねしたいことがあります。ご同道下さい」

言葉遣いが違っていた。氏政は供の者も連れずに、自ら紀伊守を案内した。この時は、何が起こったのかさっぱり分からなかった。

本丸の書院の間に通された。書見台には、紀伊守が書いていた物語が置いてあった。

「牢番の者が、ぜひ目を通してほしいと届けてきました」

そう氏政が言ったが、実情はやや違っていたようだ。紀伊守が牢から連れ出された後、若い番兵は書き上がった書類をもって逃げ出した。紀伊守を慕う彼は、物語が真実と信じていた。牢内に置き去りにしておけば、やがて発見され燃やされてしまうだろう。どこか安全な場所に隠そうと外に出たところを、北条家の重臣に見つかってしまった。

書類の束の表紙に高瀬紀伊守の署名があったので、重臣は密書ではないかと疑い、ざっと目を通した。やがて、内容が分かってくると仰天し、大急ぎで北条氏政に届けたという次第である。落城後に偶然に会った番兵が、そう教えてくれた。

「失礼ながら、読ませて頂きました。書かれていることは、誠でございましょうか」

対面しているが、氏政は紀伊守と視線が合うのを避けるようにして問いかけた。

紀伊守は何と答えたらいいものかと思案した。そのわずかな沈黙が、氏政に恐怖をもたらした。

―獄中夢物語―

今、私は相模国小田原の地下牢にいる。

ある方も遠い昔、相模国の鎌倉で牢につながれ、そこで殺害されたという。その御名は後醍醐天皇の皇子・護良親王。

私は相模国に来てから同じような夢を何度も見るようになった。そこには、いつも眩《まばゆ》いばかりの人物が登場した。あの神々《こうごう》しい姿は、理屈抜きで貴人と言うしかない。

険しい山中を歩く一行がいる。七、八人の武者が貴人とお付きの女官の前後に付き添っている。

「一刻も早く東国へ行きたい。都は足利方の兵に占拠されている。東国、奥州の兵を味方に付け挽回しなければならない」

貴人の言葉がはっきりと聞き取れた。

「東国には我ら藤原秀郷の子孫が多数おります。必ずや宮様の強力なお味方になることでしょう」

貴人の直前を歩く武者の一人が答えた。

暗い牢獄の中だった。土と苔の臭いがこもっている。そこに微動だにせず、正座している人影がある。あの貴人だと思った。

牢の中に大きな影が入ってきた。手には太刀を握っている。影が野獣のような声を上げた時、一面、まっ白になり、音も消えた。

貴人は首だけになっていた。やがて、首から発した光が天に昇っていき、四方の空へ飛び散った。

木々に囲まれた沼のほとりに、十余名の武者と一人の女性《にょしょう》がいる。新しく作られたばかりの塚があり、皆が手を合わせて拝んでいる。

「宮様。しばらくは此処にてお休み下さい」

女性が言った。

「いずれの日にか社《やしろ》を建て、お祀《まつ》り致しますのでご辛抱下さい。お局様と御子様は、我ら佐野の者が命にかけてお守り致します。そして宮様の血脈は、この地に未来永劫伝わっていくようにいたします」

武者の一人が言った。険しい山を案内してきた者だった。

塚の上方には、烏帽子《えぼし》をかぶり直衣《のうし》姿の貴人の姿が浮かんで見えた。そのお顔は、実に穏やかで満足そうであった。


二人の武将の影が刃を構え対峙《たいじ》している。それを貴人が悲しい表情で見ている。

一人は古河公方足利晴氏。足利将軍家の一員として代々関東を支配している者。

もう一人は北条氏康。武力によって関東を傘下に収めようとする者。

何故か私には、二人の武将がそう思えた。

「いい加減にしないか。二人は義兄弟でありながら、何故戦い続ける」

私は叫んだ。それは、私の声だが同時に貴人の言葉でもあった。

「二人には現世で権力がある。その力をこの世から戦を無くすために使って欲しい。我らはその理想への同志でありたい」

続いて発せられた言葉に二人は深く頭を下げた。

しかし、手には抜き身の刀が依然として握られていた。


このように不思議な夢を繰り返し見るうちに、私は家伝を思い出した。

遠い昔のことだ。母方の先祖は、高野山から護良親王を東国へお連れした佐野の武士団の一人だったという。その後、親王は足利尊氏の手に落ち、相模の鎌倉に幽閉され、獄中で殺害された。佐野の武士団は、親王の首と南の局を伴って佐野へ帰った。南の局は親王の御子を宿しており、佐野の地で王子が生まれた。王子の血脈はこの地で代々続いている。我が一族も、その一つだと言われている。

このような因縁を持つ私が、相模国で牢獄に入れられているのは、何という巡り合わせなのか。私は何度も貴人の夢を見た。あの方は、護良親王に違いない。親王が最期を遂げた相模に来て、しかも同じく土牢に幽閉されるという境遇において、私の中に眠っていた親王の無念が呼び覚まされたのかもしれない。

私は考え続けた。

すると、夢に貴人が現れた。目の前に正座し、こちらをじっと見ている。今では貴人が護良親王であると確信している。

「自分は怨霊などにはならない。我が魂は光となって飛び散り、この地の多くの人々の中で生きているからだ。その一人である御身《おんみ》に、悲願を果たしてもらいたい。この国では血で血を洗うような争いが続き、次々と覇者が現れては消えていった。東国でも平将門、源頼朝、執権北条家、関東管領上杉家、鎌倉公方、古河公方、小田原北条家など名を挙げたらきりがない。自分の夢は世の乱れを鎮め、崇高な権威によって治められた太平な世をつくることだ。長い戦乱を経て、悲願が達せられる直前にある。その仕上げをするために、今、御身には我と同じ試練が与えられている。やがて、我が使命を帯びた同志が現れるであろう。その者と力を合わせて、夢を叶えて欲しい」

言い残すと貴人は、眩い光に包まれ天に昇っていった。

＊

「書かれていることは、誠でございましょうか」

沈黙に耐えかねて北条氏政が同じ問いを発した。

「実は私にも分からないのです。元々、誰かに見せるために書いたものではありません。獄中での瞑想中にふと脳裏に浮かんだことや、夢に見たことをひたすら記しただけです」

紀伊守は正直に答えたつもりだったが、それを氏政は婉曲に肯定したものと解釈したようだ。

「大変なことをしていました」

「大変なこととは」

「貴方は護良親王縁《ゆかり》の方であられるらしい。そのような方を牢獄に入れ、さらに命まで奪おうとしたのです」

「いや、あくまでも私は佐野家の家臣で北条家配下の身です。主《あるじ》のなされることには、家来として服従するまでです。しかし……」

そこで、紀伊守の言葉が途切れ、再び沈黙に入った。氏政はじっと待った。

氏政は夢物語を信じ切っているようだ。これが氏政の人の良さである。それなら、この機会にこれだけは言わねばならぬと紀伊守は思った。

「しかし、主なら主らしく決断していただきたい。ただ城に籠もったままで、何万という人々を生死の狭間に置き続けるのは罪です。この戦をどうするか、もう決断の時です」

これは小田原城にいる誰もが思っていることだった。氏政自身も感じていたが、この期に及んではきっかけを失っていた。

「わ、わたしは、どうしたらよいでしょうか」

氏政の顔は苦渋に満ちていた。そこには自信を失った独裁者の孤独がにじみ出ていた。

誰かが強力に背を押してくれるのを待っているのが明白だった。

「あなた様は北条家を動かせるお方です。心一つでこの戦を終わらせることができるのです。それは、この国で百年にわたり続いた戦乱の終焉にもなります。これで太平の世になるのでしたら、命と引き替えにするだけの価値があります」

紀伊守は氏政の胸の内を察して、即座に答えた。

北条氏政の表情が変わった。決断がついたようだ。その顔には「武将として、誠に誉れある死に場所を得た」といった喜びが現れていた。

その後、場を変えて二人だけの茶会が開かれた。

長い苦悩から解放され氏政は、穏やかな心で茶を点てることができた。同じ歳だと分かった二人はすっかりうち解けた。そして、今後の手配を話し合った。

もし、北条氏政、氏直父子に諫言できる有能な軍師が付いていたならば、このような事態にまでは至らなかっただろう。思わぬ展開から紀伊守が軍師役になってしまった。

「夢に見られたという親王の使命を帯びた同志とは、わたしに違いありません。わたしの決断でこの国が変わる。最高の名誉です。秀吉には、この首と関八州を丸ごとくれてやるから、我国で二度と戦などするなと言ってやります」

氏政は満足そうだった。紀伊守の助言によって、最小の犠牲でもって戦を終わらせ、かつ北条家が存続する道筋がついたと確信したからであろう。

「最小の犠牲」には誰がなるか。

氏政自身がそれを望んだ。大義のための自己犠牲。北条氏政は最後に偉大なる武将になった。歴史の評価はどうなるか分からないが、少なくとも紀伊守は高く評価している。

小田原城から秀吉の本陣に、和議を行いたいと伝える使者が急行した。

＊

紀伊守の話が終わっても、しばらくは誰からも声が出なかった。

「獄中夢物語に書かれていたことは、誠でござるか」

ようやく田沼重次が、氏政と同じような問いを発した。そうとしか聞きようがない。

「あくまでも家伝を参考にした夢物語です。やや私なりの解釈も含まれていますが、否定するだけの史料もありません。私としては夢を信じていますが」

紀伊守はあっさりと答えた。

「おどろきました。夢物語が紀伊守殿や人質の命を救い、北条家の運命を決したというわけですか。それにしても護良親王ばかりか厳父の氏康公の名前まで出たら、氏政殿はたまったものではなかったでしょうな。飯にかける汁の量を間違うどころか、驚いて全てをこぼしてしまったようです」

「しかし、それによって戦国の世が終わりました。秀吉殿より氏政殿の決断の方がわずかに先んじた。敗者が歴史をつくる場合もあるわけです。人というものは、思い込みや勘違いからでも、偉大なことを成し遂げるものですな。私は氏政殿のような人物を好ましく思います」

紀伊守と重次は顔を見合わせ、微笑んだ。

三人の息子達は、父の話に出てきた夢物語は真実だと確信しているようだ。父を尊敬し全面的に信頼しているのが重次にも分かった。

「紀伊守殿は不思議なお方じゃ。お会いするのは二度目だというのに、百年来の盟友のような気がします。どんな身分の者でも、敵でさえも心を開いてしまう。一方、権力を笠に着る者には恐ろしい巨人として映る。強運の背景には、そういう人柄があると思います。人徳というか、それ以上のものを持っておられる。夢物語のように、天が何らかの使命を与えこの世に下されたのかもしれません」

「いやいや、ご冗談を。そのような畏れ多いことは……」

重次の言葉に照れながらも、紀伊守は天が与えた使命というのが気になっていた。

○高瀬紀伊守の決断

翌朝、田沼重次は高瀬屋敷を後にした。とりあえず、信濃の伊那に隠棲している息子を訪ねてみるという。ただ、どこで死ぬか分からないので、何年か後、できるなら西林寺に葬ってもらえないかと、紙に包んだ頭髪を託していった。

かつて重次の祖父の田沼忠高は、「驚くほどの出世」を夢見て実家の高瀬屋敷を出ていった。もう六十を超え浪人となった重次が、驚くほどの出世を遂げるのは難しいだろうが、その血脈が続く限り子孫の誰かが夢を叶えるだろうと紀伊守は思った。

田沼重次が去った後、紀伊守は一段と寡黙になった。農作業をしながらも、何かじっと考え込んでいる。

帰国後、唐沢山城へは一度出仕しただけだ。それも、新城主佐野房綱《ふさつな》（天徳寺了伯）から、再三の呼び出しを受けた末にようやく顔を出したものだった。

佐野氏忠の命令に従い小田原に行った者でも、元通りに召し抱えるという方針を出していた房綱であったが、半年間も帰国しなかった紀伊守には立腹していた。

ようやく登城したときでも、紀伊守は何ら釈明をしなかった。

「高瀬紀伊守は何が不満なのじゃ。このままにはしておけん。厳重処分じゃ」

佐野房綱は激怒した。

しかし、小田原で人質になっていた者達からは「紀伊守殿のお陰で助かった」と聞かされていた。

磔柱に架けられていたとき、子供に至るまで全員が平静でいられたのは、紀伊守と一緒なら絶対に助かると、その強運を信じて疑わなかったからだという。

「紀伊守殿は一部の者達には不思議と人望があります。厳罰に処すと、新生佐野家の運営に支障が生じる恐れがございます」

そう申し立てる重臣もいた。

結局、佐野房綱は高瀬紀伊守を自宅謹慎とした。免鳥城主時代に配下になった川久保大和らは、現在の免鳥城主の佐野和泉配下に移された。高瀬家には代々仕える郎党がわずかに残っただけになった。

紀伊守は屋敷に籠もったままだ。謹慎の身では、本来は面会もできないのだが、心配した佐野和泉が時折訪れてきた。

「先生。ご長男に家督を譲られ、ご隠居なされたらいかがですか。そうすれば、高瀬家は復活し、謹慎も解けて誰はばかることなく道楽に専念できます」

和泉は何度か言った。紀伊守は「分かっておる」と答えるが、一向に動こうとしない。

「殿は秀吉殿にお願いして、他家から養子を入れるおつもりとの噂があります。佐野に縁のない新殿になったら、新しい家臣も多数来るので、謹慎中の高瀬家は取り潰しになるかもしれません。今のうちにご決断を」

別の方向からせき立てると、

「秀吉側近、富田知信《とものぶ》の五男信吉《のぶよし》じゃろう。今年の秋ごろになる」

と、和泉の知らないような極秘情報を披露して煙にまいた。紀伊守は「心ここにあらず」といった様子だった。

「先生はいったい何をお考えなのでしょう」

和泉は紀伊守の奥方に聞いた。奥方も紀伊守同様に口数は少なく、出しゃばることもなかったが、夫をよく理解していた。

「あの方の頭の中には、もう一人の自分が棲んでいるようです。今はきっと激しい議論の最中だと思います」

奥方も不思議なことを言っている。

「でも結論が出れば、行動は迅速です。私達はそれを待つしかありませぬ」

そう言われては、和泉としても引き下がるしかなかった。

「先生の判断に間違いはない」と、和泉は確信していた。

「高瀬の家を解散する」

五人揃って夕食をとっているとき、突然、紀伊守が言った。

「私はこの地を離れ、先祖発祥の地高瀬村に戻り、在宅出家する。そこで、農業をしながら、戦で亡くなった人々とご先祖の霊を弔うつもりだ」

この言葉に四人は箸を止めたが、近々何かあると覚悟していたらしく、動揺はみられない。無言のまま、紀伊守の次の言葉を待った。

「お前はどうする」

紀伊守は妻に聞いた。

「もちろん、ご一緒に参ります」

既に決めていたかのように、すぐに答えが返ってきた。

「さて、子供達だが、關根家では跡継ぎがいない。お祖母様《ばぁ》もおられることなので、三人はそこを継いでくれないか。關根の叔父上の了解も得ておる。旧家の關根は外様の高瀬と違って、自前の広い土地があり従者もたくさんいる。分割相続して土に生きてほしい」

三人は顔を見合わせた。

「父上が決断されたことに間違いはないと信じております。ただ、土に生きるとは、どういうことでしょうか」

長男の忠道が聞いた。

「それがずっと悩んできたことなので、よく聞いてほしい。私は道楽と言いながらも宿命的なものを感じ、系図や家伝、故事来歴などを調べてきた。その結果は小田原参陣前夜に話したとおりだ。我家の系図復元は悲願であるが、今では、血脈自体を子々孫々まで伝えることこそ大切だと痛感している。しかし、戦国の世では人がいとも簡単に死に、家全体が滅んでいく。高瀬家は代々、幾多の戦で負側になったが、ぎりぎりのところで生き残った。私も不死身とか強運だとか言われてきた。これは天命かと思ったりもしたが、偶然かもしれない。そこで、運などという不確実なものに頼るのでなく、いわゆる難攻不落の『不滅の城』はないかと考えた。何が起こっても、誰が攻めてきても落ちることなく、子々孫々まで安心して生きていける理想郷だ。自然の要害に守られた山の城、水の城。人知の限りを尽くした石の城。色々見てきたが、難攻不落の城など武士の考えた幻だと気付いた。戦のために作られた城は、いずれ戦で滅びる運命にある。武士は自分の血脈と領地を守るために戦っているが、それ自体が滅びる原因となっている。武士とて元は農耕の民だ。そこで、原点である土に帰り土に生きることが、血脈を絶やさない決め手だと思った。堀も石垣も楼閣もない、真っさらな大地は滅びることはない。まさに土の城に守られた不滅の世界である。戦乱で荒れた大地を復興し、そこで生きるのだ」

紀伊守は一気に語った。奥方の言うところの「もう一人の自分」に、突き動かされているようだった。

「土に生きるとは、農民になることですか。武士を捨てたら、ご先祖様に申し訳ないと思うのですが」

今度は二男の忠光が聞いてきた。

「農民になるというより、人間本来の生活に帰るということだ。戦って奪ったり、支配して取り立てるのでなく、生きる糧《かて》は自分で作る。自主独立こそ人として根本の姿であり、身分など覇者《はしゃ》が勝手に決めたものにすぎん。我らは身分など超越して生きる。我らには崇高な使命がある。そのために、ご先祖様から脈々と続いてきた血脈を繋げねばならない。やがて子孫達の中からも、世が乱れたとき必要とされる者が現れると信じている」

そう言いながら紀伊守は、もじもじしている三男の忠重を見た。

「十三の忠重には難しかったかな」

「農作業には慣れています。でも、自分は父上、母上と一緒に行きたいです」

末っ子は遠慮がちに言った。

「それもよかろう。一緒に行くか」

父が嬉しそうに言うと、忠重の顔が輝いた。


五年後の文禄五年（一五九六）一月。出家し梅雲入道と称していた高瀬紀伊守忠行は、上野国高瀬村にて五十九歳で病没した。高瀬家は三男忠重が継いだ。


秀吉が没し、関ヶ原の戦いを経て徳川の世に移った慶長六年（一六〇一）。その年に作成された「佐野家中改帳」（家臣団名簿）が残っている。

当主は佐野信吉。主なる家臣団九十七騎のうち、佐野家譜代の古参が三十九人、信吉に付いてきた新参が五十八人となっている。古参の中には佐野和泉の名がある。

かなりの数の佐野家譜代の家臣は他領に移ったようだが、領内で浪人となっている十一人が「村々浪人」として最後に載っている。そこに高瀬紀伊守の子として伊予《いよ》と豊後《ぶんご》の名が見られる。

伊予とは高瀬忠道から改姓した關根伊予、豊後とは高瀬忠光から改姓した關根豊後である。二人は一旦浪人となった後、關根家の跡を継いでいた。

終章　後日談

○田沼意次《おきつぐ》へ

田沼重次の息子忠吉《ただよし》は若い頃に成田家を離れ、武田家に仕官した。しかし、武田勝頼が織田、徳川の連合軍に敗れ滅亡すると、浪人となり信濃国伊那で隠棲した。戒名は田沼家系図に記載されているが葬地不明となっている。

田沼重次は伊那を訪れると言っていたが、その後どうなったかは分からない。ただ、系図には重次の葬地は西林寺とある。

忠吉の子、吉次《よしつぐ》の時、徳川家と豊臣家との対立が深まり、大阪の陣が起こった。両軍総力戦のため、浪人もどんどん召し抱えられた。田沼吉次は徳川方に付いて参戦した。その戦において鉄砲の腕を認められ、御三家の一つ紀州徳川家に正式に召し抱えられ紀伊国に移った。以後、四代にわたり紀州藩徳川家に仕えたが、足軽程度の身分だったという。

田沼意行《もとゆき》の時、藩主徳川吉宗が将軍家を継ぐことになった。吉宗は紀州藩から二百人の供を連れて江戸城に入ったが、その中に田沼意行がいた。意行は幕府旗本となり、吉宗の小姓を務めた後、御小納戸頭取として六百石取りまでになった。これだけでも田沼家にとっては破格の出世であるが、意行の子はそれをはるかに凌駕した。

意行の長男・田沼意次《おきつぐ》は享保四年（一七一九）、江戸で生まれた。下級旗本の子として市井《しせい》で育ったため世情に明るく、それが後々政治家として柔軟で大胆な発想をする源となったようだ。

将軍吉宗は次期将軍となる長男家重《いえしげ》の小姓として、田沼意次を抜擢した。意次は九代将軍となった家重を側近として補佐し、一万石の大名となった。さらに、十代将軍家治の代では、側用人、老中として政治の実権を握り、家禄も五万七千石にまでなった。

意次の大出世の背景には歴代将軍の信頼がある。単に側に付き添っていたので寵愛を受けたのではなく、卓越した政治手腕を見込まれたからだ。江戸時代中期においては、幕府を脅かすような戦の脅威は皆無だった。その代わり、経済的には深刻な財政難にあり、幕府の屋台骨を揺るがしつつあった。この時、政治を司る武士にとって必要なものは、武より経済的な能力だった。

時代は田沼意次の能力を必要とした。意次は幕府の最大課題である財政再建に果敢に挑んでいった。それらは前例のない斬新なものだった。

まず、支出削減の倹約令を次々と発令したが、一向に改善は見られない。

そこで、意次は徹底した増収策をとった。農民からの年貢米収入は限界と見て、多方面にわたり、新たな財源を開拓していった。成長著しい商業資本と結び、経済を活性化させて、大きな利益を得た商人に課税した。衰退気味だった長崎貿易を拡大し貿易黒字にし、さらに開国まで視野に入れた。印旛沼、手賀沼の干拓、鉱山の開発、蝦夷地の開拓などの国土開発を積極的に進めた。

その結果、経済は活性化し、世の中が華やいだ。

田沼意次が政治を担った二十年間を田沼時代という。江戸期において、将軍の家康、吉宗を別格とすれば、一老中がこれほど長期にわたり国政を動かした例は他にない。

かつて田沼忠高が夢見た「驚くほどの出世」は、子孫の田沼意次の代において実現した。

意次は田沼主殿頭《とのものかみ》・源意次と称した。これは源氏の高瀬家を意識したものだろう。意次が側用人兼老中格だった明和八年（一七七一）の「大名武鑑」には、大名田沼家系譜の最初に「田沼忠高」の名が記されている。

やがて激しい政争の末、意次は悪徳老中、賄賂政治家の汚名を着せられ失脚したが、その革新的な政策は百年後の明治維新で実現した。

田沼家は一万石の大名として存続し、明治には子爵として華族に列した。

なお、北条家は大阪・狭山家一万石として、古河公方は下野・喜連川家一万石として、姓は変わったが存続し明治維新を迎えた。

一方、豊臣家はわずか二代で潰れ、その血脈は絶えている。

○佐野の残照

佐野房綱（天徳寺）が佐野家の当主だったのは、二年弱だった。跡は秀吉が推挙した富田信吉《のぶよし》が継いだ。房綱は、佐野（北条）氏忠の名目上の妻だった故宗綱の長女を自分の養女にして、そこに信吉を婿養子として迎えた。

信吉は秀吉側近の富田知信の五男で、自身も秀吉に直接仕えていた。年齢も二十七歳で、十二歳になった宗綱の長女と何とかつり合った。

もはや秀吉の天下となっており、その側近が新領主になったことで佐野家は安泰となった。ただ、小田原合戦の後、かつて北条家が支配した関東には、秀吉の命令で徳川家康が領地替えとして入ってきた。関東の中央部に位置する佐野の地に、秀吉側近の佐野信吉がいることは、家康を牽制する政治的な意図があったようだ。

信吉の代になると、佐野家旧臣の多くが主家を離れていった。かつて、北条傘下となり辛酸をなめた悪夢が甦ったのかもしれない。

しかし、秀吉の天下は長く続かなかった。徳川の天下になると、一転して秀吉系の佐野信吉と佐野家の立場は悪くなった。

まず、居城を自然の要害にあり江戸までも一望できた唐沢山から、平地の春日岡《かすがおか》へ移すよう命じられた。築城工事は十数年にわたり、佐野家の経済を圧迫した。それでも、佐野信吉は徳川家に忠誠を尽くした。大坂城の豊臣残党との緊張が高まると、二代将軍秀忠《ひでただ》は諸大名に幕府に対する誓書を出させたが、その中に佐野信吉の名前もある。

しかし、大阪冬の陣目前の慶長十九年（一六一五）七月、突然、佐野家は改易になり信吉は信濃国松本城主・小笠原秀政にお預けになった。

理由には諸説あるが、どれも説得性はない。やはり、秀吉系の佐野信吉は幕府にとって邪魔な存在だったようだ。佐野家はそのとばっちりを受け取り潰しになった。

佐野信吉は後に許され、二人の男子が三千五百石と四千石の旗本に取り立てられたが、佐野に戻ることはできなかった。なお、養子信吉と正室である宗綱の娘との間には、子がなかった。旗本になった二人の男子とも側室の子であったので、佐野家本流の血筋は絶えている。

佐野領三万九千石は幕府に没収され、幕府領として譜代大名や旗本の知行地に分割された。その中で最大なのが、彦根藩井伊家に与えられた一万八千石である。

（なお、幕末に大老・井伊直弼が五日間にわたり佐野領を巡見している。この三ヶ月後、ペリー艦隊が来航し、太平の眠りから覚めることになる）

改易により佐野の家臣団はすべて浪人となった。何とか他家に仕官した者もいたが、多くは在地で帰農した。佐野に知行地を持つ大名や旗本は、改易の事情を知ってか、領地の実質的な経営を帰農した旧佐野家臣に委ねることが多かった。特に重臣だった家は、名主として元の領地を治めた。

佐野・富岡村の關根《せきね》家も名字帯刀を許され、明治になるまで名主を務めた。「土に生きる」ことで、血脈が続いてきた。富岡村愛宕山麓の關根家墓所には、高瀬伊豆守満重夫妻と高瀬紀伊守忠行夫妻の名が刻まれた墓石も立っている。

最後の名主となった關根彦十郎は、幼時から学を好み、十七歳のおり都賀郡水代村で儒学を教えていた叔父峯岸休文《みねぎしきゅうぶん》について学んだ。やがて、富岡村で学塾を開き、近隣の子弟教育を行った。幕末から明治にかけてのことである。

明治十二年四月に行われた第一回栃木県議会議員選挙で、彦十郎は門下生に担がれて当選した。しかし、五十日間にわたる初の県議会に出席した後、「自分には向かない。他にもっと適任者がいるだろう」と、十二月には辞任してしまった。

その補欠選挙で当選したのが、元小中《こなか》村名主の田中正造《しょうぞう》だった。以後、田中正造は政治活動に邁進していった。足尾鉱毒問題との闘いは、後に世界中を襲った公害問題、環境問題への警鐘を鳴らすものだったが、それが本当に理解されたのは、正造死後何十年も経ってからである。

晩年の彦十郎は晴耕雨読の日々を送ったが、時おり思いついたように執筆活動に没頭することがあった。「世の乱れを鎮め、武ではなく崇高な権威によって治められた太平な世をつくる」という悲願がそこに記されていった。

しかし、戦国時代よりさらに大規模な戦の足音が聞こえていた。日本は国土が焼け野原になるまで、対外戦争を繰り返すことになる。

○そして今（あとがきに代えて）

平成の世になって、紀伊守の子孫の一人が、佐野で社会科教師をしていた。

教科書にも登場する田沼意次が地元に縁があると知り、まずは個人的な研究として郷土史と日本史の両面から意次に関して調べていた。

やがて、田沼意次につながる田沼分家は、高瀬という家から出ていることを知った。高瀬姓はこの地では比較的多い。その教師の家も、以前は高瀬姓で「高瀬紀伊守」のとき戦に敗れ、現在の姓になったと祖母から聞かされていた。

田沼意次と高瀬の関係に興味をもち、地元における系図などの史料や伝承を調べ始めた。そして、本家において彦十郎が整理していた紀伊守に関する資料を見つけたことで、自分の先祖の高瀬家が田沼意次のルーツになっていると分かった。

「高瀬忠重―重綱―忠高」の三代の名は、田沼意次の系譜を記した多数の文献に見られる。その名が、高瀬家系図に並んでいるのを発見したときには、身震いがするほどの衝動を覚えた。田沼意次研究に手を染めたのは、宿命だったと感じた。

田沼意次は因習と悪評と闘いながら、財政再建のため大胆な改革に挑んでいった。保守層に追われ失脚した意次は、何ら釈明することなく消えていったため、汚名を受けたままだった。長い間、暗黒の中に埋もれていたが、最近になって、ようやくその業績が見直されている。

歴史上で悪評を受けた人物との関わりは、地元でも、血縁者でも隠したがるものである。江戸時代後期に、田沼村の西林寺庚申塚墓地では、田沼家の墓が破壊されてしまった。平成の合併前の旧田沼町には田沼姓が一件もなかったのも、何かの関係があるのかもしれない。

財政改革者・田沼意次の再評価は進んでいるが、佐野における系譜調査は新たな展開がなかった。高瀬家の系図から糸口が見つかったというのは、やはり宿命としか言いようがない。

収穫はそれだけではなかった。

諸家の系図や伝承を記した書から、護良親王、古河公方、木曽義高など高名な人物だけでなく、埋もれていた多くの人々のことを知ることができた。

「系図は多数を照合し、比較検討していけば、やがて、真実らしきものが見えてくる」

高瀬紀伊守が語ったように、複雑に入り組んだ人間関係が整理され、それぞれの人に与えられた宿命らしきものが見えてきた。

護良親王子孫伝説の信憑性は定かでないが、それを信じた高瀬紀伊守の描いた夢物語が北条氏政を動かし、戦国時代が終わりを迎えたという大胆な仮説を立てた。土牢で最期を遂げた護良親王の太平の世への悲願は、一時は達成された。その後、幾たびか戦があったが、この理想は絶えることなく伝えていかなければならない。

なお、護良親王子孫伝説と関連するものとして、古河公方生母説を知った。

關根系図の七代目泰長《やすなが》のところに次のような記載があった。

關根泰長

永正《えいしょう》七年（一五一〇）二月、北久保に居住す。所は阿蘇沼の内、観音山の西下なり。この時、古河公方御代仰せつけられ、南の局の墓地跡再建立のとき、先祖旧縁あるにつき普請奉行いたし。その後、古河公方晴氏《はるうじ》公より支配仰せつけられ北久保の内にて免許地八丁五反永々下し賜り、古河の老中、佐野、小山、西佐野、結城立ち合い御渡し知行三千石下さる。

大永六年（一五二六）没　法名關根院殿浄岩清居士

女子　**古河公方高基《たかもと》公の御母公なり。**法名観音寺殿闕高妙貞大姉。
天文《てんぶん》元年（一五三二）八月二九日没。母は西佐野伊賀守の娘。

「女子」の所を見ると、三代目古河公方・足利高基の母親が闕根の娘だという。高基の父親・二代目古河公方政氏《まさうじ》の正室との記載はないから、側室か何かで、高基の生母ということなのか。

また、闕根泰長のところには、「南の局」の名前がある。南の局とは、護良親王伝説にある親王の子供を生んだという女性だ。

闕根泰長は南の局と「先祖旧縁あるにつき」墓地跡再建の普請奉行を行った。命じた古河公方は、永正《えいしょう》七年という年からすると三代目足利高基と考えられる。公方は護良親王伝説のことや、闕根の先祖のかかわりを知っていたことになる。もし高基の生母が闕根の娘ならそれも頷ける。そして、四代目公方晴氏は闕根に知行地を与えた。以上は、あくまでも自家の系図から見た推測である。

そこで、人脈をたどり古河市の郷土史研究家に、古河公方高基の母親に関する史料がないか問い合わせたところ次のような手紙が届いた。

『二代目古河公方政氏の正室は、家老梁田《やなだ》家の娘であるが、三代目高基の母親に関する正式な記録はない。これは、梁田の娘が生母でないとも解釈できる。闕根家発祥の地が古河と隣接する小山だとすると、何らかの関わりがあった可能性もある。現時点で、闕根の娘が政氏の側室となり、高基を生んだということ否定する史料は見つかってない』

古河公方の本拠地において「否定する史料は見つかってない」とは、可能性があるので頑張って調べてみたらどうかという激励だと感じた。

後日、『古河市史』資料編に高基の母に関する記載があったと、コピーが届いた。そこには、『左兵衛督従四位高基　母關根左衛門泰長女。観音寺殿』（喜連川系図　二階堂家本也）とあった。

關根系図にある高基の母とされる「女子」の戒名は、観音寺殿關高妙貞大姉である。

また、佐野の郷土史研究家からは、江戸時代末期に編纂された『系図纂要《さんよう》』にも、「關根泰長女」との記載があるとの情報が寄せられた。

關根系図の古河公方生母説の信憑性がやや増した。同時に泰長のところに記載されている「南の局と先祖旧縁」をもって、護良親王子孫伝説に結びつけるのは短絡的過ぎるかもしれない。

ただ、これらの伝承は個人的な誇りとして心に留めると共に、郷土における歴史上のロマンとしては伝えていきたいと思った。

人の生命《いのち》には限りがあるが、その血脈や思いは繋《つな》いでいける。

紀伊守の土に生きるという決断のおかげで、我が血脈は今でも続いている。まさに「土の城」に守られてきたおかげではないだろうか。

佐野家に関わる多くの人々の血脈は、突然のお家断絶後も郷土で生き続け、現在の佐野に至っている。決して滅びることのない「土の城」が各所にあったからだろう。

そのようなことを考えると胸が熱くなり、居ても立ってもいられなくなった。自分の宿命はそれら人々の足跡《そくせき》を後世に伝えることだと、紀伊守の子孫は確信した。

（本書は、郷土史料・伝承に基づき物語化したフィクションです）

参　考

・『田沼町史』
・『相良町史』
・『古河市史』
・『本光寺史』曹洞宗大明山本光寺
・『寛政重修諸家譜《かんせいちょうしゅうしょかふ》』続群書類従完成会
・原本現代訳『小田原北条記』教育社
・原本現代訳『関八州古戦録』教育社
・関根徳男『田沼の改革』郁朋社
・吉川英治『私本太平記』講談社
・後藤一朗『田沼意次・その虚実』清水書院
・野口実『伝説の将軍　藤原秀郷』吉川弘文館
・和田竜『のぼうの城』小学館
・風野真知雄『水の城』祥伝社
・菊地道人『北条氏康』ＰＨＰ文庫
・上岡一雄『大塔宮子孫伝説秘話』

・田沼家系図（西林寺蔵）
・関根・高瀬家系図（関根本家蔵）　本稿では旧字体の「關根」とした
・西佐野岩崎家系図（岩崎家蔵）
・岩崎大二「木曽流佐野源氏　岩崎家系図について」（昭和52年『下野の姓氏』12号）

【著者略歴】
著　名・東栄 義彦（とうえい よしひこ）
本　名・関根 徳男（せきね とくお）

1954年　栃木県田沼町（現・佐野市）生まれ
国立小山高専・電気工学科卒
慶應義塾大学・法学部卒

元電機会社技術者、元中学校社会科教師

著書
『田沼の改革』郁朋社
『ガンとして生きる』慶應義塾大学出版会　他

高瀬《たかせ》伝《でん》・土《つち》の城《しろ》　—戦国《せんごく》の世《よ》を終《お》わらせた男《おとこ》—

2011年7月23日　第1刷発行

著　者 —— 東栄《とうえい》 義彦《よしひこ》

発行者 —— 佐藤 聡

発行所 —— 株式会社 郁朋社《いくほうしゃ》
〒101-0061　東京都千代田区三崎町 2-20-4
電　話　03（3234）8923（代表）
FAX　03（3234）3948
振　替　00160-5-100328

印刷・製本 —— 壮光舎印刷株式会社

落丁、乱丁本はお取り替え致します。

郁朋社ホームページアドレス　http://www.ikuhousha.com
この本に関するご意見・ご感想をメールでお寄せいただく際は、
comment@ikuhousha.com までお願い致します。

©2011 YOSHIHIKO TOUEI Printed in Japan　ISBN978-4-87302-494-3 C0093